悦讀紀
ENJOY READING ERA

文化品位
优雅生活

柒月暖阳 著

YI YIDUOHUA

DE ZITAI XINGZOU

以 一朵花

的姿态 行 走

青岛出版社

QINGDAO PUBLISHING HOUSE

第一章

人 得
自己成全自己

目 录
CONTENTS

第二章

成长

是一件值得骄傲的事

第三章

要嫁，就嫁给幸福

第四章

爱 自己，也要爱别人

你见过一朵花开吗

1

你见过一朵花开吗？

开得很艳丽，远远地还能闻到花香，认识的人都说，哇，好美。心疼它的人，偶尔来浇水，喜欢它的人，会顺手摘一朵，有时候赠予喜欢的人。

我见过，凌晨四点的花开，就是那种噩梦醒来，你看见旁边有一张笑脸，你觉得心上盛开了一朵花。

这就是，我想要的生活，无论它怎么刁难我，我都可以冲它微笑，因为身边有爱的人，我就这么理直气壮。

我喜欢更实际的生活，是双手可碰触的那种生活，我喜欢人间烟火，是那种夕阳的光穿过窗户，打在厨房的抽油烟机上，我的锅里油温正好，我切好的菜在案板上，我知道接下来所发生的一切，葱姜蒜会被爆出香气，肉会翻滚，酱油调色，冰糖加甜，辣椒提神，他们不知道自己属于晚餐的一部分，但是上桌后，他们遇见了挑剔的嘴，那张嘴说过无数次好吃，也说过无数次我爱你，这就是生活。

生活就是让无数有缘分的东西，聚合在一起，彼此气味互换，成为更好的彼此。

我跟暖阳认识，挺有缘，大家都是写文章，笔名里都带着柒，对，大写的七。

经常一起聊天，感情、工作、生活，都聊，交换彼此的想法，聊多了，就会发现，她的文章里全是她细腻的生活规则，她把她所经历的一切，所认识的朋友，都变成了笔下一个个活灵活现的故事，那些故事，一点不陌生，因为，我们也这样活着。

我们也会为了爱情烦恼，为了工作烦恼，你正在烦恼的一切生活，大概都可以从暖阳的故事里找到温暖的答案，她不煲鸡汤，她不用华丽的辞藻给你造梦，她用一笔一划把生活最温暖的地方给你呈现出来，每一个故事读起来，轻松，舒服，你见过春风化雨吗？就是这感觉。

最温柔的现实，是我们信仰的生活，我们会从故事里找到我们坚守的东西。如果你初次读到暖阳的故事，像她的笔名一样，那种温暖的欣喜，就像吃到一口西瓜心，吃到黄桃蛋挞里的黄桃，吃到筷子刚刚从火锅里夹起的羊肉片，你要的大道理，她没有，她有的只是平铺她所有生活里的细水长流。

这是我喜欢暖阳的一个理由。

暖阳是一个有自己生活姿态的姑娘，她自言像是一朵花，花开成景，花落成诗。所以，你一定也喜欢，认识这么一个诗意生活的姑娘，生活把我们折腾得够呛，但是我们依然还想试试改变的风的方向，年轻的时候，我们就是狂到感觉自己像是一阵无拘无束的风，后来遇见爱情，走进世界，才发现，我们不过是一朵自我感觉良好的花，我们要开得姹紫嫣红，也许，后来，我们改变了风的味道，那也挺好。

我希望，有一天，你会如期绽放，蝴蝶蜜蜂和阳光，一起来祝贺你，那种成长真美，但你自己知道你曾经是一颗有梦想的种子，你终于等到春去秋来，你也终于碰到一场花开。

2

你吃过夜宵吗？

清淡也好，油腻也好，更或者是坐在路边的大排档喝了一碗馄饨，点了几串烤肉。在你最想吃的时候，你就碰巧看到了。若干年后，你会忘掉那个大排档，但是你会记得曾有一个深夜，有一碗热馄饨暖过你的胃。

我吃过很多夜宵，跟老朋友，路边摊，长街起风，酒满杯，而我认识的暖阳，像是在字里行间喝过很多次酒的朋友，她也有无数的烦恼，讲给我听，我们也聊过无数迷茫的未来，其实大家都一样，只是这一次，暖阳拿她的故事，把无数迷茫释疑，把她穿过的无数黑暗的生活美学，一一讲给你听。

所以，我觉得暖阳的故事，是夜宵，是你深夜孤独下的一碗热馄饨，是你最需要温暖的时候碰巧出现的那一缕光，那样的深夜，你无需掩藏自己，你为故事流的泪，都是你的经历，你为故事上扬的嘴角，都是你得到的福，你不必在故事里找寻你的影子，因为那一缕光来的时候，你人生的阴影都在身后，你大步向前走，都是耀眼的光芒，人生总要经历无数的黑暗，才能在清晨第一家早餐店开门，你去点一杯热豆浆两根油条，激活一整天满满的正能量。

你一定会喜欢上这个有趣的姑娘，你一定会忘记这个温暖的姑娘，但是我相信，在不远的将来，再次看到这个姑娘的故事，你会很骄傲地说，这姑娘，我喜欢过。

别人会问你，有多喜欢？

你说，你见过一朵花开吗？年轻的时候，我以为我是一阵风，我拼命地把一朵花吹得低头，我以为我打败了她，后来，我才知道，我所到之处，全是花的味道。

对，暖阳的故事，就像那一朵花，以前我们拼命想要逃离的生活，后来在暖阳的字里行间发现原来这样的生活很可爱，来，用一朵花开的时间，听听暖阳，给你讲故事吧。

柒　叔

第一章

人　得

自己成全自己

人生的价值不在于你得到了多少，

而在于你付出了多少。

我很认同这个观念。

可是，在付出给别人之前，

我们首先要付出给自己，

这样才能拿出更多去给别人啊。

人 得自己

成全 自己

想从别人那里得到满足，只能离满足越来越远！

——廖一梅

看完电影《被嫌弃的松子的一生》感触颇多。有人说松子很勇敢，有人说松子是英雄，在每次别人以为她的人生就此完了的时候，她都能重燃希望，怀着满腔炙热的爱走过了自己悲惨的一生。

可我无法爱她，我觉得松子是个傻瓜！她有那么多的爱，却全部给了别人，一点一滴都不给自己。她爱了那么多人，被那么多人伤害，却依然不懂得如何去爱，在爱的世界里她太笨拙了。本可以光明灿烂的人生，却被她过得凄惨无聊。

人生的价值不在于你得到了多少，而在于你付出了多少。我很认同这个观念。可是，在付出给别人之前，我们首先要付出给自己，这样才能拿出更多去给别人啊。

忽然想起一个已经被我遗忘很久的女孩。我们是在从吉林到北京的火车上认识的，她跟我邻座，我们都是很活泼爱唠叨型的人，所以一上火车就聊得火热，十几个钟头的火车坐下来，几乎交换了彼此有生以来能够记住的所有往事和现事。

那时我们都是二十出头，都刚刚离校去北京找工作。她说她有个男朋友在北京上班，她是去找他的。我说我有个好朋友在北京，我是去找她的。下火车前我们互留了手机号和qq号，说好以后要常联系，可是却谁也没有联络谁。

过了大半年，一个陌生的手机号给我打电话，我接起来听出是她，她说想见我。第二天她来找我，我看出她变了，只有半年的时间，她漂亮了很多，在那时的我的意识里，那是一种妖艳的漂亮，是我不喜欢的。

她依然很健谈，只是不再说自己，一直问我这半年过得怎么样。临分别时，我忍不住问她："你是不是有什么心事？"她低头半天不说话，从包里掏出一支烟点着，然后眼泪哗哗掉，她说："我在北京只认识你一个人，除了你我不知道能找谁说了。"

我被她的样子吓得手足无措，不知该如何是好，几分钟前她还很开心的样子，突然就泪如大雨倾盆了。她告诉我，男朋友做生意赔了，欠了别人很多钱，她为了帮男朋友还债，跟自己的老板借钱，后来还当了老板的情人，男朋友知道之后跟她分手了。

听到这样的事情，我真的以为这是编故事逗我玩呢，这不明明是电视里的情节吗？！我从前的世界太单纯了，从不知道现实世界中真的会有这样的事。

我问她今后打算怎么办，她说不知道，可能还会回到老板身边吧。我建议她别回去了，重新找份工作，可她说她还欠老板钱，她要回去还。

现在想起，觉得我真的是有些对不起她，她在北京只认识我一个人，特意来找我倾诉，而我却没有为她做什么。可那时的我，也同样是个傻瓜，我连自己的生活都过得一塌糊涂，哪里会知道要如何去救别人。

大概一年之后她又来找我，跟我借二百块钱。我问她出什么事了，她说她网恋，去见那个网友了，本来想跟他好好谈恋爱，如果合适就留在他那里不回北京了，结果去了之后才发现那个男人是有女朋友的，于是她又狼狈地跑了回来。

她说她要回老家了，在北京待了两年，遇到的全是伤害自己的人，把自己毁了大半，她要回家去守着爸妈过安稳日子去，再也不想出来了。

她走的时候，我看着她离去的背影，内心好一阵悲哀！那之后我们再也没有联系过。我很怕想到她，每次记起都会觉得很沉重。

电影《霸王别姬》里，有一句话：人得自己成全自己。

如果你要爱别人一百分，那必须先爱自己一百零一分，绝不能爱别人爱到没了自己，因为一个不爱自己的人，是不可爱的。我们首先得自己成全自己，然后，才能期望命运的成全。

明明　该问自己，
你却总问　别人

经常有读者对树洞说："有的朋友希望我这样，又有一些朋友觉得我应该那样，你说我该怎么样？"

树洞就想问："那你自己想怎么样？"

有的人习惯在遇到问题时先请教别人，却忘了自己思考。每个人的个性、思维都是不一样的，别人给出的建议受他的思维的局限，是他的选择，不一定适合你。因为你有你的现实，别人不一定了解。

我记得，小时候每次去爷爷奶奶家，爷爷给我拿很多好吃的，我自己很想拿可又怕爸妈说我馋嘴，就总是用眼睛瞟着爸妈看他们的意思。爷爷每次看到我那样，就对我说："你想吃就拿着，不要看别人，他们说了不算。"

爷爷很不支持爸妈干预我的任何一个选择，他希望我有自己的主见而不是听从别人摆布。这样确实使得我比较任性，但是他说，小孩子任性一点没什么，长大懂事后可以慢慢调教，但是不能没有自己的想法和主见！

有主见对一个人来说是一件多么重要的事啊，太多人因为听了别人的建议，在今后的人生中后悔不已，埋怨那些曾经帮他们做决定的人，也有太多人在迷茫的时候，因为没有人帮自己做决定，就不知道路该怎么走，最后不管选了哪条路都觉得遗憾后悔。

我认识一个人，她向来没脾气没主见，就连谈恋爱都要问爸妈这个人适合不适合自己，但是这等人生大事爸妈也不敢草率帮她决定，就把选择权留给她自己，如果喜欢就嫁，不喜欢就别嫁。最后她觉得这个人还不错，自己年龄也不小了，就嫁了。

但是后来老公不争气，婚姻不幸福，她就责怪爸妈："当初我问你们的时候，你们为什么不给我拿主意。"天哪，这种事本来就是该自己做决定的啊，爸妈有什么过错呢！如果当初爸妈不让她嫁，她会不会又在后来埋怨："当初是你们不让我嫁的。"

她的问题是没人帮她做决定吗？不是！是她没有勇气为自己

的人生负责!

没主见，就是一种不敢为自己的人生负责的懦弱，喜欢让别人拿主意，就是把自己的命运交到别人手里。可是别人就能帮你做出正确的决定吗？还是为了将来不管这个决定是好是坏你可以不用埋怨自己，还能说一句"是他们让我这样选的"？

但是，这种对责任的推卸对自己的人生有意义吗？别人不会对你的人生负责，你过得好还是不好，最后承担这个后果的只有你自己!

如果觉得自己的见识有限，征求别人的意见无可厚非，但是不能自己不思考。无论做什么决定，都要以自己的内心为准。

要永远记住人生是自己的，要有自己的想法和主见，要对自己的人生负责，不要让别人的一句话就决定你的人生道路，因为今后的一切责任没人能帮你承担。

但是，我不是说，做决定时只考虑自己的喜好不顾虑他人的感受。我也写过一篇《要为自己而活》，可为自己而活不是完全不考虑别人的孤注一掷，每一个决定都要跟随自己的心，但必须顾全大局。

我有个朋友，在老家的小县城工作，但她不愿一辈子都困在一个地方，一直渴望能走出去看看，可是她妈妈又特别依赖她，离不开她。

后来她违背了妈妈的意愿，去了北京工作，但是只离开半年妈妈就因为想她得了抑郁症，然后她不得不辞职重新回到小县城。

我问她，回去会觉得遗憾吗？她说："遗憾是有的，但是与在北京工作比起来，当然还是我妈的健康更重要，只要她能好好的，我就在她身边陪她一辈子吧。"

虽然她没能选择自己更想要的人生，但是选择了对自己来说更重要的人，这同样是为自己而活，为自己更不能失去的而活！

人生有很多个难以抉择的岔路口，有时候由于思维和眼界的局限我们看不清每条路上会有什么，这时我们需要向更有见识的人请教，但是无论他们说什么，我们不能失了自己的判断。

要记住，遇到问题时，我们最该问的是自己。看清楚自己更想要什么，自己去选择，不管将来怎样，不怨不悔！

为自己　而活是对
自己　应负的责任

过分为己，是为自私自利。完全舍我，也是亏待了一个
生灵。

——三毛

　　2012年4月12日是我最敬爱的爷爷去世的日子，他是我这一
生到目前为止对我教育最多、影响最深的人。爷爷住院的时候，
有一次我问他："爷爷，这一生你有什么后悔的事吗？"他回答
我："没有，一件也没有。"我问他是怎么做到的，他说："你
要永远知道，你就一条命，这一生，可以有遗憾却不可有后悔，
因为没命让你重来。"

　　我牢牢地记住了爷爷说的话，每当我纠结于某些事情的时
候，每当我没有勇气去做出一个决定的时候，每当我面临各种压
力彷徨无措的时候，我就想起爷爷说的话，因为没命重来，所以

要选择自己最想走的那条路。

看到过一段话：按自己希望的方式生活不叫自私，要求别人按照自己希望的方式生活才叫自私。有时候人们会把自我归结为自私，可是，如果只是按照自己希望的方式去生活，没有刻意去伤害别人，也没有做过任何一件问心有愧的事，只是没有遵照别人的期望去过自己的人生，这根本不叫自私。

我们做出某些决定的时候，经常会遇到一些质问：你这样做，有没有考虑过别人的感受？说真的，考虑了。我可能很随性，在一些规规矩矩的人眼里我太个性，但是我所做的所有决定都是经过深思熟虑，我选择的每一条路都不是随随便便踏上去的，可能这条路会让一些关心我的人伤心、难过，可是如果不走这条路我可能会比他们还难过。

我们都没有分身之术，有些事不能两全其美，只能选择其一。我们能做的只能是在坚持自己的原则与立场的基础上，把事情做得尽善尽美，绝不是放弃自己的意愿去迎合别人。

没有人能对我们的人生负责。真的，只有我们自己才能对自己负责。这一生过得好还是不好，最后别人，包括我们的父母、恋人都是局外人，只有我们自己是主角。那些打着为我们好的旗号帮我们做决定的人，并不能帮我们去过人生啊，他们觉得好还是不好没有用，最终感受其中况味的还是我们自己。

毕业的时候我也像很多学生一样，纠结于是考研还是工作。老爸支持我工作，而我自己却有心想要考研，我跑去问爷爷，我该怎么选择。他说，不管是你爸还是我，我们所说的对你只能是建议，我们只能以自己的人生经验告诉你这两条路对你的人生可能会产生的影响，但是我并不想要你听我的，我只要你听从自己的心，选你真正想走的那条路。

后来我终于想明白，我之所以想考研，不过是一种对高学历的虚荣和对工作的逃避，我并不是真的那么想要继续深造，而且我从来也没有学过那些所谓的专业知识，而逃避只能证明我自己的懦弱，我不愿屈服于自己的懦弱。于是我选择了工作，这是自己的决定，不取决于任何人的要求或者期望。

很多人，为了某些原因，比如家人的期望、现实的需要或者是自己所谓的责任心，放弃自我，放弃追求，放弃梦想，放弃爱情。可是，他们忘了，责任心首先是对自己的，我们最最不能对不起的首先是自己的内心。那些他们以为的不自私的责任心其实是一种傻气和懦弱，他们用梦想或者爱情换来的可能只是一个自己不快乐的糟糕的人生。难道我们历经了几千几万年换来了在世上走这一遭，是为了妥协来的吗？是为了到最后抱着悔恨再回去的吗？

我们这一生，首先要对得起的人是自己。因为有命来人世走一遭实在是不容易，要尽量为自己而活，这不是自私，是对自己应尽的责任！

朋友之间 没有
那么多 义务

　　小海哥说，早晨他被很久不联系的朋友吵醒，让他帮忙写个文案，他拒绝说自己有论文要准备实在没时间。朋友说，不需要像论文那样长篇大论，千儿八百字就好了，还有，一定要在晚上八点之前给他。然后小海哥无语了……

　　小莉说，有个关系一般的朋友想注册公众号，让她帮忙，她本来身体不舒服在床上休息，但还是爬起来帮忙注册了。结果朋友又说，发文和排版也不会，运营也不会，都帮忙做一下吧。然后小莉无语了……

　　做设计的同事说，朋友让他帮忙做PPT，可是这两天公司的工作已经让他忙得焦头烂额了，而且他并不擅长PPT，但朋友就认定了，做设计的人PPT一定也做得好。同事觉得从前关系不错，不好意思拒绝，晚上花了几个小时的时间给朋友做好了，朋友看完却说，动画效果不太好，可以重新做吗？然后同事也无语了……

很久以前网上就疯传过一篇文章，一个人以跟朋友借钱来试探别人是不是真的把他当朋友，结果九个人里只有两个人肯借给他，于是他便认定了，这九个人里只有那两个肯借钱的才是真正的朋友。

我一向不赞成这个观点，这是一种对朋友的思维绑架，就好像别人如果把你当朋友就应该有求必应，若是在你有要求时不能帮你那便是不够朋友。但是每个人都有自己的难处，当你的请求可能会伤害到他自己的利益时就会条件反射般地自我保护，而借钱本身就是一个很有威胁性的行为，是损害到自身利益的，况且因为借钱最后反目的故事比比皆是，如果不是感情足够深厚，或者对你的为人足够信任，对这种事有所顾虑再正常不过了。

朋友之间最容易出现的现象就是，理所当然的要求太多。只看到自己的需求，忽略别人的现实！自己总觉得，求别人的明明是一件小事，而别人却拒绝了，实在是不够朋友，可却没有想想，你们之间的感情真的好到你可以对他提这样的要求吗？你认为是小事但对别人来说是不是一种难为呢？更有甚者，别人义气地答应了帮忙，他却不予感激反而得寸进尺，讨要更多！

有个姑娘跟我说过一段话：先把别人都当路人，路人在与你擦肩而过的时候，不伸脚绊你，就已经值得开心了，如果能给你个善意的微笑，那就应该谢天谢地了，若是还能在你跌倒的时候停下来扶你一把，就真的应该感激涕零了！

但若是人家不能停下来也不应过于苛责，因为那会耽误他自己赶路。不是每个人都能像老爹老妈一样什么都以你为重，即便自己吃苦也要迁就着你！

人们总是给"朋友"这个称谓加上太多责任，的确，朋友不同于路人，有困难时当然要找朋友帮忙，但是帮忙却并不是朋友的义务。

朋友分为很多种，情谊有深浅，关系有亲疏，不要以一个固定标准去判断朋友的真假，也不要觉得你有求于朋友的时候，别人就应该放下自己的事情去帮你。作为朋友，如果有人求助于我，我一定会尽自己所能，但若是过于为难我也不能放下自己的原则。如果我有求于朋友，朋友面露难色我也会换位思考，给予理解，但人家若是不顾一切伸出援手，这情谊一定记一辈子。

好的朋友关系不只在于互相帮助，还在于互相体谅，彼此感激。

当然，如果有人平日里只接受别人的帮助，对别人的求助无论大小一概不予理会，那样的人还是不要交往了吧。

另外，我写这些文字，重点不是要谴责别人，而是希望我们能够反躬自问，自己是不是有时也对朋友要求太多？社会中那些我们不喜欢的现象，也许就在自己身上存在。

有一种人的道学，只是教训旁人，并非自己有什么道德。这是钱钟书先生说的，我一直引以为戒，所以，文字多是对自己的训诫，不敢道貌岸然地教育旁人。我自知无力改变别人，只希望自己做得更好，然后尽我所能地去感染身边的人！

我们不要 这种生活了
好 不好

一定要让自己变成你真心会喜欢的样子。如果你想要做的不是长辈所控制你的样子，不是社会所规定你的样子，请你一定要勇敢地为自己站出来，温柔地推翻这个世界，然后把世界变成我们的。

——吴青峰

  毁掉我们的，不是我们憎恨的东西，恰恰是我们热爱的东西。

  真正消磨我们意志的，不是弯路与挫折，而是这不咸不淡的生活。

一

  我有一个认识二十几年的朋友，她的性格一直都中规中矩，在家从父，出嫁从夫，永远逆来顺受，仿佛自己的生活是被别人用一个模子拷贝出来的，在固定的人生框架里闭着眼睛往前走……

其实，如果生活幸福，即便逆来顺受也没有什么不好，毕竟不是每个人都应该努力，也不是所有人都要把生活过得独树一帜。

只是，她并不幸福！

我每日从她那里听到最多的就是对生活现状的抱怨，老公没出息，公婆不讲理，孩子不听话，生活没意思，自己又什么都不会，可她从来没有想过要改变这种状态，一边没完没了地抱怨，一边一如既往地过着这种没有出路的生活。

二

一个人的生活如果过成了自己讨厌的样子，除了归因于现实外，还应该反思自己为这生活做过什么！

她总是一副"吃不到葡萄说葡萄甜"的口气对我说："你看你的生活多好啊，又自由又独立，想去哪里都可以，想做什么就做什么，我这辈子是完了。"

我也经常跟她说："你只是被固定的生活框住了，就像一个装在套子里的人，看不见生活还有另外的可能。你还不到三十岁，如果想改变随时都可以！"

然后，她就会抢白道："我跟你不一样啊，我都结婚了，有家又有孩子，没精力也没有心气折腾了。"

这就是她的桎梏，她不改变的借口，永远用现实做理由为自己的不努力开脱，明明是自己没有想办法改变，却把所有责任都推给生活。

现实中就是有太多这样的人，他们永远觉得别人的潇洒都是因为占尽了"天时地利人和"，从来不相信那是努力的功劳，他们对自己的生活从来不满意，如果你帮他想出路，他只会认为你是"站着说话不腰疼"，他们把自己的生活框死了，觉得现实是一座五指山，不管怎么辗转腾挪都是跳不出去的，所以干脆就认了吧。

我从来不觉得生活方式有什么高低、好坏，有人喜欢旅行、冒险把生活过得高大上，也有人喜欢平淡、安稳把生活过得小清新，这都无可厚非，只要自己喜欢就好，但是我想对那些对自己生活现状不满的人说一句：我们不要这种生活了好不好？

三

我永远记得两年前当我处于人生低谷时，父亲大人跟我讲的那句话："从头开始吧。"

那时候的我，仿佛被丢在一座孤岛上，往后退已经没有回程的船，往前走那是一望无际的茫茫大海，站在原地吧，孤独与无助简直让我绝望。我觉得自己的生活一下子失去了所有支点，未来在我眼中除了悲伤再没有什么了！

然而我爸对我讲，就当一切都没有发生，生命倒回到从前的某个时间点，想一想那时候的你是什么样子，你渴望的生活又是什么样子，然后，我们从头来过！

当我们看不到路的时候，就跳出从前的生活框架，给自己一个新的起点，重新开始。

现在，两年过去了，我用梦想，用努力，用知识，用快乐，用所有我可以得到的东西，给自己的生活铺垫更多的阶梯，给未来的自己创造更多可能。

也许永远不会成为一个优秀的人，但我在努力让自己过上新的人生！

四

温水一般的生活，会吞噬掉人的自我，如果你置身其中而不自知，它就会消磨你的意志、你的梦想，甚至你改变生活的勇气。

我不会跟每个人呐喊要如何努力，如何奋斗，我只想说：如果觉得现在的生活不好，请别忘了还可以跳出来从头开始！

也许终此一生我们都成不了灿烂的烟花，但我们也不要做被温水煮死的青蛙。

从零开始，每天努力一点点，进步一点点，改变一点点，五年、十年后，你就会发现，自己变得不一样了……

命只有一次，不要日复一日地白白虚度，更不要丧失从头开始的勇气！

活得 快乐
才是 人生赢家

心大一点，把任何事都看淡一点，想得少一点，更爱自己一点，然后如三毛一篇散文的标题那样"什么都快乐"。

一

周末两天，公司领导把所有员工都赶到了深山里去开年会。虽然天气很冷，虽然我又神奇地与所有大奖失之交臂，虽然还被同事们赶鸭子上架演了一次小丑，连领导都说："你们的形象都被颠覆了。"可我还是不得不说，我的心情是欢呼雀跃的。

天真的人，眼里的快乐总是太多，一不小心就相信那就是世界本来的样子，自己开心的时候，就以为全世界都是笑着的！

二

开完年会，回宾馆的路上，同事们给我一个手机，说大概是跟我同宿的姑娘落下的。

我回到房间时，姑娘已经躺在床上了，还用被子蒙得严严实实，我轻轻拍了拍她说："你的手机，我给你放桌上了。"

姑娘爬起来拿过手机，看了两眼就突然哭了，嘴里还不停念叨："原来是这样啊，原来是这样啊！"

我还没来得及问她发生了什么事，就听到她男朋友在门外喊："把我手机给我。"我打开门让他进屋，姑娘不由分说把手机直接摔向他，我本想躲出去让他们好好聊聊，可男生却捡起手机看都没看姑娘一眼就摔门而去。

姑娘放声大哭起来，还不时地用头去撞墙，边撞边说："为什么要这样对我，我受不了……"我大概想明白了这是怎么回事，因为从几个星期前，公司里就在散播传言说姑娘的男朋友劈腿了。

两个人在一家公司，这种消息是传得最快的。现在我眼睁睁看着她在我面前这么歇斯底里，却完全想不出一句安慰的话。其实就算安慰也是无用吧，此刻的她憋着满肚子的委屈和愤怒，除了发泄，别无他法。

姑娘问我："如果你男朋友出轨了，你还能信任他吗？"我没有回答，因为她本来也不需要我给答案。这早就不是信任不信任的问题了，而是该不该分手的问题。如果换成我，我大概会很决绝地离开吧，一个人哪有那么多精力为了另一个人撕心裂肺啊，何况还是一个不珍惜自己的人。

从前看过的一首小诗：

我只不过为了储存足够的爱

足够的温柔和狡猾

以防万一

醒来就遇见你

我只不过为了储存足够的骄傲

足够的孤独和冷漠

以防万一

醒来你已离去

恋爱啊，本来就是什么都可能发生，你若敢放肆地爱，就也要学会隐忍地承受伤害。

其实，几乎全公司的人都知道，男生长得帅，也有点小花心，可姑娘喜欢他，就对这一切都视而不见，又或者她以为自己会是被特殊看待的那一个。

感情的事，说不清谁对谁错，但有一点，不管多难过，都不能作践自己！对方越是不爱自己，自己才越要珍惜自己。

三

每个人都希望可以百分之百掌控自己的人生，却总是走着走着就发现，人生比我们想象的要艰难得多。

一天晚上，一个朋友跟我说，他很烦躁，我说："这世上除了钱，别的都不值得烦躁。"

我这么说是因为觉得他不差钱，他一向都表现得很土豪，每次我缺钱他都说："没钱，找我。"虽然我听得很感动却从不会跟他开口。

我相信很多人都跟我一样，希望自己身边的朋友就像意外保险一样，当你需要的时候，他会毫不犹豫地站出来，但你又希望自己可以永远都用不上。

可是这次他跟我说的烦躁，却恰恰是因为钱！他刚开始创业，炒股赔了几十万元，开公司赔了几十万元，现在沦落到公司下个月的房租都交不上了。

我说："没有办法了，就跟爸妈拿吧，等挣了再还。"他说："不可能，死都不会再跟爸妈伸手。"我说："那就找朋友借。"他说："更不可能，从来不借钱。"

其实我知道，他就是这种人，义气却又倔强得死要面子，别人有困难，不开口他都要伸出援手，轮到自己了就算难为死，都不愿意跟别人张嘴。

他太狂妄了，以为给自己一根杠杆就能撬动整个地球，可生活却总是轻轻一晃，就给他一个响亮的耳光，让他明白，他其实微不足道。

四

那个夜晚，山上下起了冰雹，每个人都冻得瑟瑟发抖，却谁也不肯早早睡觉，我们一群人被喊出来吃夜宵，大家推杯换盏，每个人都笑得那么大声，那么痛快。

可酒是会喝多的，前一刻还春光满面的一张张脸，突然就变得暗淡了。大家有的开始发脾气摔酒杯，有的没完没了地讲自己的深漂往事，有的把对别人的抱怨趁着酒劲都宣泄了出来，也有的喝着喝着就哭了。

原来，那些笑里，都藏着那么多沉重。

忽然想起约翰·列侬的那句名言：老师问我长大想做什么，我说"快乐的人"，老师说我不懂问题，我告诉老师，是他不懂人生。

我曾经无数次想过，到底是我把人生看得太简单，还是别人把人生看得太沉重。

真的有那么多值得难过、值得揪心的事吗？控制自己的人生，首先该做到的不就是快乐吗？！

感情很伤人，金钱会难为人，可是如果没有出路，难过也还是没用，如果找得到出路，难过就更是多余。

我是一个小人物，现在、未来永远都是，大富大贵的人生我不要，也不会以它为目标，我甘于平凡，也不想跟别人争个高低贵贱，有人爱我我珍惜，没人爱那就自己爱自己，对我来说，最重要的，是在现在的平凡与简单里，努力让自己更快乐一点。

快乐才应该是唯一且永恒的追求。因为，活得快乐，才是人生赢家！

选择 一份工作，
意味着 什么

一个姑娘问我：在小镇上每天工作都很辛苦但工资很高，去厦门可能工资没那么多但过得会舒服一点。二选一，你会怎么选？

其实，我几乎从来没有回答过关于职业选择的问题，也不去写职场的文章。一方面，因为自己不是女强人，没有混出一个高大上的事业，所以无力指导别人；另一方面，每个人的追求不同，我不愿意用自己选择职业的方式去影响别人。

但是，既然有人问我了，我就也忽然想说一说，我对于工作的想法。很多人在选择工作时都有一个误区，以为选工作无非是看工作内容、工资高低、辛不辛苦、有没有前途、能不能发家致富，但其实工作对我们的影响要比我们以为的大得多。

择一份工作就是选择了一种生活方式，它会直接影响到你的交际圈子，你的性格发展，你的思维模式，你的价值观，从而影响你的整个人生。

我毕业五年了，刚毕业的时候感受到的社会冲击力是巨大的，因为性格单纯又天真，也因为，心里一直有一个固执的想法：我不愿意做自己不喜欢的事，我不想成为我不喜欢的那类人，所以融入职场比很多人都难，碰了不知道多少壁。

记得刚毕业时，很多同学都调侃："如果有一天我也变得圆滑世故，请记得我曾经纯真过。"那时候我便很坚决地决定：我不要圆滑世故。

那么，既然不要圆滑世故，我就自动屏蔽掉了一些必须圆滑世故才能做得好的工作。

前几天跟一个读者聊天，她是商人，她说商人在做交易时必然要搞一些小伎俩，否则利润就上不去，这是职业性质决定的。但是如果换成我，我可能宁愿放弃利润也不要搞什么小把戏。当然，我很敬佩那些业务做得好、挣到很多钱的人，但那不是我要的。所以我肯定做不了销售，成不了商人。

我的交际能力不够，并不是不爱说，是不太会说，话很多但不过大脑。

我干过客服，但是那个客服工作，在解答客户问题的同时还要向客户卖东西，而我无法从心底里认可这个行为是在帮助客户。我知道这个观念在职场里肯定是不正确的，但我说服不了自己，总觉得好像是在哄骗客户。另外，大概因为情商不够，遇到刁钻麻烦的客户，我真的绞尽脑汁也不知道如何应对，太强硬就会起冲突，太卑微又会让客户得寸进尺，永远把握不好尺度。

还有，我这人特拧巴，有些事原则性强到了死板的地步。

我认识的一个小编认识很多写手，有时有文案的工作，客户找到他，他会帮忙去找作者然后自己从中赚一些佣金。其实，这再正常不过了，各种行业都是这样的，这种收入也不违法，大家都认可。我有时也会做这么一个中间人，可是却一毛钱也不赚。并不是说自己清高，我很羡慕别人能挣这个钱，可自己就是不好意思，觉得如果那样做好像就是在榨取别人应得的劳动收入。我愿意被别人当作一个热心的朋友，不愿意被看作商业伙伴。

综合这些特点，我便知道我是一个怎样的人了：固执的不能融入商业职场的人。我排斥商务，不愿意以商业的方式与人交流，虽然有人说，在职场你越不喜欢什么就越要去做什么，要突破自己。可是我根本就不想突破，因为觉得如果突破了那可能就不是我想要的我了。

所以，在选择工作的时候，为了尽可能地避免商务交际，我毅然决然地选择了文字工作。开始是图书校对，每天只低头看稿子改错误，可以一整天不用讲话，后来是网站的编辑，每天找找资料写几篇文章，也可以不用讲话。

现在文字工作做了好几年了，因为没有商务交际，我等于一直活在自己的世界里，在思想观念、价值观这些方面没有太大改变。但是，不得不说这个工作对我的外在性格影响很大。我从一个活泼好动的小女孩，变得沉默内向了，原本棱角分明又多刺，现在越来越柔若无骨了。而且越来越依赖文字，有什么想法不愿意用语言表达，只想写出来。

我有时会幻想，如果当初去做销售或者继续做客服，又或者其他一些商务性比较强的工作，现在的我会是什么样子？性格和人生的道路一定会很不一样吧。

我看到那些一直做客服工作的旧同事，几年过去，从小职员升到了主管、高管，人也变得干练而强势了。

我看到那些做销售久了的同学，跟多年的老朋友讲话都会忍不住打官腔，见面都是先握手问候了。

还有一些自己创业的朋友，每天都是鸡血满满的状态，待人接物也有了老总风范，俨然一副人生赢家的姿态了……

大家都变了，有的是受时间、环境的影响，也有很大一部分是因为自己选择的工作。工作真的占据了我们生活的大部分时间，做了什么工作，每天接触到怎样的人和事，会潜移默化地影响我们的性格、谈吐、观念。当然，每个人的性格和修养不同，所受到的影响也会有差距，但是工作对人生的影响真的是方方面面的。

现在我在一个金融公司做文字工作，有很多人问我：你写文字的，去一个铜臭味那么重的公司不会受影响吗？会的，当然会，我才来四个月，已经明显感觉到我对于钱的概念变得不同了。以前我多淡泊，自己穷得叮当响也不会去想怎么能多挣钱，而现在却知道我应该努力赚钱，不只为了更好的生活，也为了能承担起自己该承担的责任，为了能更好地追求梦想。以前对于理财没有任何想法，现在却觉得它真的很重要，可以让你多个收入来源，减轻很多生活和工作方面的压力。不过我很喜欢这些观念的转变，它是在我无知的基础上让我明白一些东西，丰满我的认知，并不会影响我的自我。

总之，选择工作，工资和工作内容并不是唯一重要的，那些背后的东西，比如接触的人，学习到的知识，对你产生的影响，也许比工作和工资更重要。

择一份工作，就等于选择一种自我，一种生活方式。先确定你是怎样的人，你要忠于的是一个什么样的自我，想过一种怎样的生活，在考虑到工资和兴趣的基础上，选择一份与你的自我和想要的生活相匹配的工作。

我的 能量来源
是 什么

我一直坚持的一个信念是，改变不了大环境，就改变小环境，做自己力所能及的事情。你不能决定太阳几点升起，但可以决定自己几点起床。

——熊培云《自由在高处》

一

大二下学期，同专业的一个男生得了脑膜炎，男生家庭条件一般，据说他爸在他小时候欠债逃跑了，他跟妈妈相依为命二十年，现在他又生病住院，妈妈要辞去工作在医院照料他，住院费用他们根本无力承担。

当时班长组织同学们去医院看他，那是我有生以来第一次进医院探望病人，至今仍然记得他躺在床上那张苍白的脸。我跟这个男生虽然同班两年却几乎没有讲过话，只知道他是一个很有活力、爱足球爱到死的人，而病床上那个虚弱的生命完全没有印象中他的气息。

从医院回来，班长组织全班同学捐款，我们专业总共不到一百人，大部分同学的生活费每月也就四五百元，一场捐款下来竟筹集了三万多元。有的同学是把学校刚发的助学金捐了，有的同学是把奖学金捐了，有的同学是拿出了一整个月的生活费。

后来暑假结束，男生病愈出院了，上第一堂课之前，男生跑到讲台上，满含热泪地对全班同学说了声谢谢，并鞠了个九十度的躬。很多同学都哭了，为他的康复，为他的归来。

二

2010年大学毕业，我一个人跑北京去找工作。我是天生的路痴，别说东南西北，就是左右都还要仔细考虑下才分辨得出来。

有个公司给我打电话让我去面试，我住在丰台，那个公司在昌平沙河，当时北京的地铁还没有现在这么便利，坐了一趟地铁倒了三趟公交才到了那个地点，可是下了车却发现四周简直可以用荒无人烟来形容，给面试的公司打电话，人家告诉我该往哪个方向走，该怎么拐弯，我却压根没有概念。

当时自己真的是蒙了，觉得特别无助。

目力所及除了来往的车辆就只有我一个活人了。后来终于看到一个蹬电动三轮车送货的大哥，就像得救了一样，跑过去跟人家问路，可是大哥却无奈地摇了摇头，表示他也不知道，但他很热心地说："姑娘，你等我一下，我把货送完，回来带你去找。"

然后我就站在原地等他，过了十来分钟大哥回来了，让我坐上他的车，带着我边走边问，找了有半个多小时，终于找到了我要去的公司，大哥把我放下，说自己还有货要送，就转身走了。

那时候，我也真是又傻又笨，竟想不到要怎么感谢他，只一句谢谢，哪能表达出我对他的感激。大哥是河南人，所以，后来有人对我说河南人人品差、河南人小偷多的时候，我就把那个大哥搬出来告诉他们，一个人的品质是不能用"地域"论的。

三

2011年夏天，有一次我心血来潮想去天安门看升国旗。闺密说四五点钟升旗，我们住得太远了，打车过去太贵，在天安门附近找宾馆住也住不起，于是经过一番深思熟虑，我们决定通宵不睡在天安门守一个晚上。

那天我们逛街逛到晚上11点多，然后拎着很多零食就去了天安门，在广场坐到两点来钟实在困得受不了，我就拽着闺密散步，从天安门走到了西单，在西单找了长椅坐下吃东西，吃到一半，发现隔壁长椅上竟然睡着一个大叔。

后来大叔醒了，一个人在长椅上坐着，显得孤单又落寞，我跟闺密说，反正零食这么多，我们给他送一些吧。

当时的我太害羞了，把吃的拿过去，什么话都没说只是干巴巴冲大叔笑了笑，就跑回去了。闺密说："你看，给人家吃的，人家都没说声谢谢。"可我不觉得有什么，我也不是为了让人家谢我才这么做的。

后来升旗的时间快到了，我跟闺密起身要走，大叔却突然喊住我："闺女，你过来一下。"我带着满心的疑惑走过去，看到大叔打开了长椅下的两个黑色袋子，里边装着各种在地铁口、公交站摆着卖的小玩意，大叔说："闺女，你挑几个吧，我送你。"我推托说不用了，可是大叔执意要让我选几个，说这东西不值钱，但是自己的心意。

最后我选了一个手机链，从来没用过，但一直收藏着。

赠人玫瑰手有余香，这便是了吧。

四

2012年，我在长春，有段时间也是厌倦了格子间的工作，不想找工作不想跑面试，刚好住的地方附近有个沃尔玛，我就跑去做收银员。

有一次，我旁边的柜台有个老外在结账时出了问题，而柜台的收银员又听不懂他说话，耽误得后边顾客都没法结账，很多顾客都急了，老外也是手口并用，可大家还是不明白他说什么。

看到那种情况，我请领班替我收银，自己硬着头皮去跟老外交流，沟通也很困难，但是好在后来明白了，原来是他拿了三盒乐事薯片，结账的时候发现薯片没有了。

我跑去帮他把薯片拿来，然后老外高高兴兴地结账走了。过了五分钟老外又回来了，手里拿着两个"小姑娘冰淇淋"，走到我的柜台，说是送我的。

当时觉得自己简直又遇到了奇迹，不过是举手之劳，收获的惊喜却这么多。

五

我也不知道是不是自己太幸运，总是见到别人没见过的好人，遇到别人不曾遇过的好事，还是我太乐观，每每让我去想一些自己从前的经历，在脑子里忽闪的全都是这些美好和感动，坏事大概也经历过一些，但是基本都已忘记。

从来都不赞成，人为地去为一个人灌输某种思想，这个世界是要他自己去经历、去看的，他看到什么就是什么，所有别人告诉的，都是带着别人的主观认知的。很多成年人都喜欢用自己的经验去告诉那些年轻、天真、单纯的人，这个世界怎么复杂，现在的社会怎么冷漠，怎么现实，你在这个社会生存要怎么小心，要怎么保护自己。这当然是出于好意，想让后来人少走弯路，但是这也可能会毁掉他们的天真、善良、美好。

你学会了防备，学会了小心，学会了冷漠，也许能在这个世上走得更安稳，可同时你也会错过很多关怀、很多温暖、很多爱。

我是一个小时候被保护得严严实实、后来白纸一张就进了社会的人，也不觉得那样的自己在人群中行走有多辛苦。如果一个人有命天真、单纯一辈子，那是一种幸运；若是没有那个命，老天爷自会给他某些事情让他承受，让他从中学会坚韧，成长是需要自己从经历中学会的。

单纯不是幼稚和傻气，我理解的单纯是灵魂的简单和美好，不怀疑、否定和曲解别人，永远阳光，永远善良，永远心怀希望。当然也不是没头没脑地乱来，什么人都轻易去相信。单纯也绝不是脆弱的同义词，相反，有时单纯的人会更坚强。

小时候看过一篇文章，有一句话记了很多年：一个人最大的幸福就是小时候不遇到坏人。我觉得这句话说得很好。因为没有遇到过坏人，所以眼中的世界又简单又美好，即使长大后遇到坏人，大概也可以用自己美好的内心去把那点阴暗消化掉，然后继续快乐地生活。

那些从小经历了磨难或者懂得了世故的人也不一定就能学会坚强，也许会反而更脆弱，他们看到了太多的黑暗，可能会不相信有阳光的存在，每经历多一点世事，内心就可能增多一点黑暗，结果活得越来越羸弱，也许表面还在逞强，而内心早已破碎不堪。

当然，世事无绝对，我只是喜欢用顺其自然的方式去做人和生活，也希望大家可以珍惜、尊重别人的单纯和美好。

很喜欢《水果篮子》，其中有一集的名字是，"我的能量来源是什么"，女主角本田透说是别人对她的需要。如果有人问我，我的能量来源是什么，我会说，是我眼中的那个温暖、美好的世界。

知你不喜　与人抢，
但该得到的　也不应让

在我的性格里，有一些弱点，是我想克服，却一直没能成功的。

一

去年，公司在给员工评定年终奖的时候，设置了一个三百六十度环评，公司的每个员工都要互相评分，最后根据你所得的综合评分定出你的年终奖比例。

给自己评分之前，我问身边的同事："给自己打多少分合适啊？"他果断坚决、理所当然地说："一百分啊！这还用犹豫吗？！"我有点不好意思地说："给自己评那么高真的好吗？"

他笑了："年终奖你想不想要？"我也果断坚决、不假思索地说："想！"

"那就对了，想要年终奖，还不给自己打一百分，你是不是傻？自己都不给自己满分，你还指望谁能给你高分！"

我觉得他说得好有道理，但是给自己打满分又打得莫名地心虚。

公司每个月都会开员工大会，各个部门领导总结这一月来的成绩和不足，但大多都是讲员工如何努力，如何辛苦，即便业绩没有完成也会说每个人都拼尽了全力，而我想到同事们平时的表现，再听着领导们的夸夸其谈，每次都在心里打出无数个呵呵。

同事说，职场就是这样啊，要懂得表现自己，要让领导关注你的付出，而不是你的不足，要自己认可自己，敢于去争取自己想要的。我知道他说得都对，可是于我，这样的事做起来却总是那么尴尬，那么不好意思，那么豁不出去。

二

春节请了一周的假，2月22号也就是正月十五才回公司上班，我是全公司最后一个回来的，心里早就认定开工红包是不会有的了。

可是回来后，同事跟我讲，可以去经理办公室要开工红包，因为有些跟我一样晚回来的就自己去要了，而领导也痛痛快快地给了。

我听了当然是心动的，可是却又十分纠结，万一人家因为我回来太晚不愿意给那该多尴尬啊，算了还是不要了吧，可是再一想，如果人家痛痛快快地给呢，不去要我不是太亏了。

于是，就这么纠结了一个上午都没敢去敲经理办公室的门，下午，我的领导问我："红包要来了没？"我说："没有啊，怕人家不给，不知道怎么开口。"领导说："走，我带你去，胆子太小了啊你，试试呗，给就是赚了，不给的话就当去拜个晚年。"

然后，领导替我敲开经理的门，替我跟经理要了红包，经理恍然大悟地哈哈笑了起来："对啊，开工红包你还没领呢，我还在想，你如果自己不来要，我可就不给了。"说完，他在抽屉里掏出一个写着我名字的红包递给我。

原来红包本就是给每个人都准备好的。

我当时的心情是真想狠狠地给自己一巴掌，窝囊啊，真窝囊啊，多简单的事，一句"恭喜发财，红包拿来"就搞定了，你思前想后的是闹哪样啊！怎么就有那么多不好意思和顾虑啊！

三

我至今仍然记得，很多年前借出去没收回来的三块五毛钱。

小学五年级时，跟一个同学一起逛街，我给自己买了一块电子表，她说她也想要可是又没带钱，我就自告奋勇地借钱给她。

三块五，在现在当然是不值一提，可是小学五年级时三块五在我心里几乎就是三百五、三千五啊，那都是自己舍不得花，一毛一毛攒出来的，那也是我第一次借给别人钱，从不知道有人借钱是不会还的。

后来，她就把借了我钱的事忘了，一直到小学快毕业她也没有还我，那时候心里简直憋屈死了，不能跟其他同学讲，因为那样好像自己在讲人家坏话似的，也张不开口跟她要，怕人家觉得我不够朋友，不给她面子，或者说我太小气。后来我跟我姐讲，她说："你傻啊，去要啊，是她借钱不还你又没有错，怕什么啊！"

于是，有一次在街上远远地看到了她，我在心里默念了一百遍，这次一定要跟她要钱，一定要，然后我咬着牙径直走到她面前，跟她打招呼："嘿，那个……那个你……你也来逛街啊，呵呵呵，我也来了，好巧啊。买了什么东西啊，哈哈哈，好有钱啊……那什么你逛吧，我还有点事先走了，再见！"

可想而知，我当时是抱着绝望的心情离开的。从那以后，我就彻底地放弃了这三块五毛钱，因为我是永远也开不了口跟她要的。

经历过这种别人借钱不还、自己又开不了口要钱的经历的人，大概都懂得，那种感觉真的是，心里瞬间跑过一百万匹草泥马啊。你不光气别人，还气自己，气自己怎么就这么没出息！

而且，更可气的是，我还没有吃一堑长一智，每次朋友说没钱，兜里有三百我都要借出去两百，总觉得人家开口了你不借实在是不仗义。可是呢，你仗义了对方却不是这样啊，有的记性好心肠好的，借了就还了，但也有好多是，借了就忘了，你不提他永远想不起来，而你不到自己穷得吃不上饭也永远想不到该用什么借口去提。

我太知道这种别人借钱不还的苦了，所以自己便尽量不去借钱，就算借了也绝对第一时间还，哪怕只是一顿外卖的钱，哪怕只有三块五块，也绝不敢忘。

四

"一生不喜与人抢，但该得到的也不会让。"人应该尽最大可能，保持自己的世界干净，去争取自己该得到的。那些经常让自己难过、拉低自己幸福指数的东西，该清理的就不能犹豫，包括我们的朋友、工作，还有属于我们内在的，性格！

我一直都清楚，有些东西要学会自己争取，有些难为要强势地拒绝，我所秉持的与人为善，不应是一味的妥协，我的那些不好意思，其实本就是一种软弱。弱势过头其实就是一种无能！它会直接限制我们人生的格局。

如果这种弱势不改变，我也许会一辈子畏畏缩缩，一直让自己处于纠结和作难的境地。

所以，我不想再做一个软弱无能的人，2016年我希望自己的性格能变得更强势一些。

第二章

成　长
是一件值得
骄傲的事

当青春年少不再，
我们并没有成为彼时梦想中的样子，
也许我们会失落，会感慨：
流光容易把人抛，红了樱桃绿了芭蕉。
然而，成长毕竟是一件值得骄傲的事。

你是不是 也
缺少 存在感

人之最孤独，莫过于置身于成堆人中间，无人理会的时
候……
—— 《人间喜剧》

一

去山里开年会，到了目的地后，领导们先开主管会议，留下
我们小兵小卒回宾馆休息，跟我同屋的姑娘不在，我便在微信群
里跟同事们喊："一会儿下楼的时候记得喊我，我要睡一下。"

但是，我一直睡得不踏实，半个小时醒来四五次，总是怕别
人把我忘了。后来索性爬起来去敲其他同事的门，却发现他们果
然都已经下楼了，于是，暗自苦笑：果然还是被忘记了。

下楼找到组织之后跟他们说起这件事，一个同事说："你的
存在感好低啊。"的确是这样，很多年了，我发现无论走到哪

里，我都没办法从别人那里找到存在感，总是觉得自己的重要性不够。

二

小时候，别人家的小孩会用撒娇哭闹的方式跟爸妈讨要新衣服、新玩具，但我从来不会，因为心里清楚，这些方式对爸妈不起作用。那时想法很幼稚，心里认定爸妈爱我不像别人家的爸妈爱孩子多。特别是跟亲戚家的小孩打架，爸妈向来帮别人不帮我，我甚至会委屈地以为，爸妈爱别人家小孩应该比爱我还多吧。

上学之后，一起玩闹的朋友很多，可我却从来不敢说，我跟谁的关系最好别人都比不了，因为没有存在感，别人偶尔的忽略就感觉自己不被在乎，也总怕那些关系好的感觉都是自己的一厢情愿。

高中时，认识了闺密。一直以来我都很感激她的出现，因为她是第一个让我感觉到，在她那里我最最重要的人。但是光这样还不够，我还要更多，要我每次跟别人吵架她都能站出来帮我，要我不开心的时候她都能不厌其烦地哄我，要她能一直在我身边永远不丢下我。如果这些她做不到，我又会怀疑，是不是我以为的重要是自作多情。

其实自己也知道，这些对存在感的缺乏，主要原因是自己不善交际，在一个人群中找不到自己的位置，也不知道如何与大家打成一片，于是只能锁定一两个目标去真心换真心，这时自己对他人的期望就会比一般朋友高出很多，所以也容易患得患失。

有时候不是别人不在乎自己，而是自己的不安全感在作祟。

三

微信后台经常有人问我，跟寝室的朋友们关系处不好怎么办。这个问题我真的是有切身体会。刚上大一时，同寝室其他五个女生迅速抱团，我自己一个人不知道该怎么融入，她们聊天的内容我全都不感兴趣，她们逛街买衣服我也不愿意去。所以最开始的时候，有集体行动她们都是默认不喊我。不过庆幸的是，我并没有因此埋怨，我知道并不是人家冷漠，是我自己太不容易接近。别人没有义务在你不努力融入的时候，主动向你靠过来。

但是，日久见人心，毕业的时候，寝室里有三个女生都跟我关系很好了，另外两个因为人品问题被孤立。我从来不想为了搞好关系去刻意做什么，也不愿为了融入一个群体就去迎合别人的喜好，后来是怎么跟大家走近的我几乎记不清了，只知道我帮她们带了一整个冬天的早餐，背了一个学期的课本，每次考试前都把答案做好给她们拿去抄，做这些事也没图什么，只觉得反正自己要做，就顺便帮别人做了吧。

后来我就明白了，如果自己人傻嘴笨不会交际，那就只能用笨笨的好去感染别人了。"欲将取之必先予之"，当你先给了别人，自己想要的自然就随之而来了。

四

我之所以很难去谈一段恋爱，大概也与存在感的缺失有关，有时别人觉得已经对你掏心掏肺了，可你还是不敢相信别人是真心在乎。去年的一篇文章《他追你，不代表他爱你》给我招来了好多赞同，也有很多骂声，赞同的多是女孩，骂我的多是男生，有人说，"你一定是长得特别丑，所以才没人真心喜欢"，"你要得这么多，单身也是活该"。

还有人来找我理论，"还没在一起，怎么可能就很爱很爱啊，感情是需要培养的"，这话当然不错，但并不适合所有人。对于存在感很弱、对爱情的感知度低的女孩来说，如果只是一般般的喜欢，她们是没有办法说服自己把心交出去的，除非对方能给予自己十足的安全感，她可以从心底相信对方的在乎。

五

缺少存在感并不是只有坏处，它也在我的性格中塑造了一些优点，比如我不会随随便便对别人提要求，别人的所有忽略和不在乎我都可以理解并淡然地接受，而如果别人偶尔给我一些意料之外的在乎我就会感激涕零。

就像有一天，深圳大雨，我的伞一个星期前丢了，正惆怅怎么出门的时候，附近的同事却打电话来问我，有没有伞，需不需要过来接，虽然我没有麻烦他，自己冒雨去超市买了一把伞，但他的这个惦记足够温暖我好多天了。

我也不喜欢求别人帮忙，任何事只要自己能搞定就不会麻烦人，因为从来不觉得谁帮自己是应该的，所以每次有人帮自己的时候都是带着十二万分的歉意和感激。

当然，没有存在感也让我在很多事上不自信，工作上经常怀疑自己的能力，写文章也总是自惭形秽，但对我来说还是有一个优点，它让我不自负，不傲娇，不炫耀，不管取得什么成绩我都不会觉得自己有多了不起，我可以一直脚踏实地地努力做事，别人的任何一点认可于我都是惊喜。

六

虽然我也努力过，去增加自己在别人那里的存在感，但后来发现，我永远做不到像有些人那样，每次融入一个新的群体就成为众人瞩目的焦点，而且每天身边经过的人那么多，有时我们花了很多精力在别人那里获得了认可，找到了位置，可是没多久他就成了过客。

在别人那里找到的存在感，始终是不长久的。

可能很多人都试过，利用朋友圈、qq空间这些社交平台刷存在感，最后却发现，刷完之后依然倍感空虚。这是因为，如果内在的存在感缺失，别人给予的关注和认可再多都弥补不了内心的这个空洞。

如果说，在别人那里的存在感缘于别人对自己的认可和在意，那么，内在的存在感，就是努力让自己认可自己，关爱自己，树立强大的自我意识。

当你不去奢求别人，就不会因为在别人那里找不到存在感而倍觉失落，当你内心足够充实和坚韧，就不会因为别人的一时忽略而怀疑自己，当我们自己知道"我很重要"的时候，别人对自己的态度如何就不那么重要了。

归根结底，自我内心的强大，才能证明自己真的存在着。

成长　是一件
值得　骄傲的事

当青春年少不再，我们并没有成为彼时梦想中的样子，也许我们会失落，会感慨：流光容易把人抛，红了樱桃绿了芭蕉。然而，成长毕竟是一件值得骄傲的事。

一

高中的语文课上，老师曾问过我们："你长大后想成为什么样的人？"当时的我是怎么回答的我已经不记得了，但我清楚地记得别人的答案，有的人说想做一个黑客，那时电脑刚刚普及，"黑客"这个名词在少年心里简直酷到炸；有的人说要考上清华，以后做个教授，同学们都不禁感叹，清华啊，他真的好有追求……每个人的梦想都美好而高远。

但是，也有一个同学的回答，俗气得超出了大家对理想的一般认知。他说："娶个漂亮媳妇，有个听话的孩子，这就是我想要的未来。"同学们爆发出一阵哄堂大笑，十六七岁的年纪竟然说出这么世俗的话，怎能不被嘲笑。可是那个男生胸有成竹地说："你们不用笑我，将来有一天我们都会是那个样子。"

现在，十年过去了，说要做黑客的人，每天都在朋友圈晒儿子照片，俨然是个超级奶爸；说要成为教授的人做起了医药代表，钱倒是大把大把地赚；说想要老婆孩子热炕头的现在依然单身，时常感叹自己"注定孤独一生"了。

十年后，我们终于明白，从前的所有信誓旦旦与言之凿凿，不过都是年少的无知与狂妄，横亘在我们面前的是巨大无比的人生与茫茫的时间，任何东西经了它的手都可能变得面目全非。

二

《我的少女时代》里的林真心说："我想，十八岁的我，如果在街上偶然遇到这个女人，一定也会和他们一样，毫不留情地嘲笑她。"

《我可能不会爱你》中的程又青被花样年华的少女喊阿姨，

嘲笑她是老女人。

我曾在十几岁的时候，诅咒过自己"三十岁就死掉"，那时候觉得三十岁以上的年龄一定是很老很老，简直不能活了。

刚毕业的时候，看到二十五六岁的同事跟爸妈撒娇使性子，心里就默默地鄙视她们："都那么大年纪了还撒娇，好幼稚啊。"

我还曾揪着几个三十岁的人问过："当你看着自己年龄一点点变大，离三十越来越近，那是一种什么感觉啊？"

而当自己走到这里，我才明白，其实"老"是属于别人的，自己是从来不会老的。我曾对我妈说："别人的二十岁我觉得是大人了，但自己的二十岁却还是小孩；别人的三十岁我觉得已经老了，等自己快三十了却还觉得正青春呢。"我妈说："我都五十几了，还时常觉得自己年轻着呢。"

原来，"老"只属于生理，心理上是没有老这一说的。

三

我不喜欢青春剧，它们过分地夸大了青春的美好，却把成人的世界描摹得污秽不堪，它让人感叹青春年少与成年之后的巨大反差，让人遗憾许多从前做过的美梦到今日都物非人非，可是，成人的转变就真的那么值得唾弃吗？

回头看，我必须承认，我也长成了十八岁的自己讨厌的样子，但是，同时我也骄傲地觉得，我喜欢自己现在的样子。

生命中有些阶段很美，但它不能停留，因为时间在推着我们往前走！"少女时代"很让人怀恋，但我也不觉得它比生命中的任何一段时光更珍贵，因为都是同样的时间，同样的生命啊！

没错，我很喜欢十八岁时，那个生猛、倔强、执着、爱做梦的自己，但我也同样热爱，如今这个脚踏实地、平和而柔软的自己。

时间，给予每个人的，除了年龄的增长，还有视野的开阔。当我们真正见识了人生，明白了人生中更多的责任与内涵，就会不自觉地收敛起从前井底之蛙的无知与自负。我们不再胆大妄为，不再不可一世，那是因为我们的格局变大了，我们看待人生的姿态变低了，时间让我们改变，但这不是变老，这是成长。

而成长是一件值得骄傲的事。

四

年少时总自诩成熟，后来发现那真的是幼稚，曾不顾一切地追求某些东西，后来发现它们一点都不重要，有些我们以为值得坚守一辈子的，最后却心甘情愿地放下。是的，我们或许都成长成了从前的自己不屑一顾的样子。

　　但是，这都不要紧，因为过去的自己是无知没有见识的，我们不知道在头顶这一片天之外还有多大的天空等着我们去看，不知道人生中还有多少高山低谷在等着我们攀爬跳跃。

　　对我们来说，真正重要的是，我们是不是现在的自己喜欢的样子，更是未来的自己喜欢的样子。

　　努力让现在的自己喜欢，让未来的自己骄傲，这才是我们最该做的事！

命运让我 是什么样子，
我就享受 什么样子

你有没有想过一辈子结不了婚怎么办？

我虽然总是跟朋友家人说，我可能这辈子要孤老了，可是也确实没有认真地想过，如果真的孤老会是个什么样子，不过又觉得没有什么好想的，我从来就不是一个给自己的人生订计划的人，就算有计划谁又知道到了那个时候，我的心境是否还允许自己去实行那个计划呢。

直到现在，对婚姻我也没有什么具体的概念，没有什么渴望，还是觉得那是一个很遥远的事。我总觉得结了的人跟未婚的人是生活在两个世界，所以就算我现在有恋爱谈，可能我也还是不会着急结婚。

我很信命运，喜欢那句老掉牙的话：命里有时终须有，命里无时莫强求。所以，我一直抱着随遇而安的态度在生活，我喜欢恋爱，也喜欢单身，喜欢婚姻，也喜欢自由，命运让我是什么样子，我就享受什么样子，我不愿勉强自己，更不想屈就现实。

二十四岁以前，从来没有恋爱过，我一个人也过得潇潇洒洒，想看书的时候就去图书馆泡一整天，想出去散心就招呼一两个朋友四处撒欢，工作不顺心了就自己坐马路牙子上哭，闲得无聊的时候就自己开发点兴趣爱好充实下生活，实在是空虚寂寞了就在网上写点矫情的文字找找存在感。总体而言，感觉这样的生活也蛮幸福、圆满。

二十四岁到二十六岁，谈了一场恋爱，瞬间就变成了小女人，从前没想过要依赖谁要靠着谁，恋爱之后就忽然学会了撒娇、使性子，从前自己的家务都懒得做，恋爱后却喜欢帮他打点一切工作之外的琐事，那时候的梦想仿佛就是：我为你全心全意地打扫庭院，让你可以没有后顾之忧地去扫天下。也还是坚持着自己的爱好，会看看书，会写写字，但是变得很不独立，有什么事都第一个想到他，他在的时候就觉得心安，他不在就觉得所有的一切都没有意义。

后来失恋了，又回到自己一个人的日子。我有时觉得自己的自愈能力简直好得惊人，恋爱的时候以为没了那个人自己不能独活似的，分手后也确实歇斯底里地伤心了几天，但是也就那么几天，过后自己就满血复活了，吃得饱、睡得香，跟朋友们说说笑笑，完全没有阴霾。我是接受了这个事实，知道事情就是这样子了，难过没有用、哭喊没有用、不吃不喝作践自己更没有用，而我自己是从来不肯在心情上为难自己的。

事情发生的时候，如果自己有力量去改变就拼尽全力，如果做什么都没有意义了那我也会让自己接受现实，而不愿自己像个傻瓜可怜虫似的哭死在伤心里。

现在，我还是一个人，也一度觉得我会一直一个人，我又变成了坚强、独立的自己，有自己的朋友圈，有自己的追求和梦想，也有自由。记得以前看过一句话，是对婚姻中的女人说的，教她们不要只围着老公转：老公爱我呢，我就享受爱情；老公不爱我呢，我就享受自由。我也愿自己这样，有人爱，我就享受爱情；没有人爱，我也一个人自由自在。

也怀疑等老了之后大概心境会变，会觉得一个人太孤单，会想有个伴，那就到那个时候再说吧，爱情不容易找，伴总是好找的吧。可是现在还不想找伴，我甚至都更喜欢自己一个人的样子，因为这时候我完完全全是我，完完全全随心所欲，可以做自己想做的事，若是有爱情便会不由自主地去想为他做些什么，这多多少少地会让我自己有所改变，想做的事也会因为多了一个人而有更多的顾虑。

若是一辈子都不结婚，我会怎么样呢？

我想，我得更努力了，因为要挣钱养活自己了，虽然我对钱也没有多大的渴望，但是温饱总要解决的，所以也要更努力地学习，更努力地工作。

我得努力让自己的身心都变得更坚强，要锻炼身体，不能总生病，因为是自己一个人，不好被人照顾啊；也要在心灵上更强大，因为有些事不能对亲人、朋友说的总要一个人承受得住，年龄越来越大，面对的生死离别也会越来越多，我得一个人坚强地承受生活给我的这些苦痛。

我得拼命给自己找事情做，充实自己的生活。于我而言，这点是很容易做到的，本来兴趣就广，时常觉得工作之外的时间不够自己支配，有太多想做的事情没有时间做。我甚至觉得就算有恋爱谈，我大概也不舍得把时间过多地放在恋爱上。

我丝毫不担心这辈子结不了婚，相反地，想到结婚我倒是有点不知所措，我一直都不太懂得交际，只有一颗真心去对待家人、朋友、同事等，做得好做不好都只影响我自己。可是若要结婚，人际关心会瞬间复杂起来，老公的家人、老公的朋友、老公的同事，等等，做不好不单会影响自己也会连累老公。

若是结婚，花费在生活上的时间会比一个人多出很多，我想做的事情就更没有时间去做了，这一定也会让我很头疼。当然也不排除，在家庭幸福、爱情美满的情况下，那些从前想做的事就都变得无足轻重了。

总之，怎么样都好，有婚结就过日子，没婚结就活出自我。我觉得每一种人生对我来说，都会是幸福的，所以哪一种人生我都不害怕，都满心期待。幸福不幸福主要还是看自己的心理，与过什么生活，结婚还是单身，确实没有太大关系。

我关于命运的理解：我信有一种东西叫命运，可能有的人以为信命是一种消极的不作为，可其实我指的是尽人力，听天命。自己能够掌握和改变的事情还是要努力让它达到最理想状态。信命是指那些自己左右不了的，比如爱情何时来，比如生命何时止，对于这些，不急不躁不强求，不患得患失，不杞人忧天，顺其自然，随遇而安。

情感上 可以感性，
行为上 请你理智

　　一个姑娘用了三天的时间用手机打了将近两万字，跟我讲述她自己的故事。讲之前她问我是出于好奇想听，还是真心愿意做她的听众。我说我听过太多爱情故事了，好的坏的，我早已没有那种好奇心了，如果你愿意倾诉我便是一个树洞，不管故事如何，我都用心听着！

　　这个故事并没什么新奇之处，无非是两个女人对一个男人的长期拉锯争夺战，无法去判定谁是第三者，因为男人总是在两个女人之间举棋不定，而两个女人又心甘情愿在对方离开之后固执地等待他的回归，当然在等待期间两人掐得天昏地暗、痛得撕心裂肺。

我没看出男人爱她们其中任何一个，因为他那么狠狠地伤害着，可他自己也是痛苦的，被占有欲控制着，拥有一方就害怕另一方会属于别人，占有一个就不甘心另一个不属于自己，所以不停地来回徘徊。

姑娘问我，暖阳你听完这个故事是不是很厌恶我，可怜之人必有可恨之处吧，如果我不给机会，任何人都伤害不了我，可我却一次又一次地让别人去作践，真的很活该，不是吗？

而我听完之后只觉得好心疼，心疼她什么都明白却还是执迷不悟，心疼她让自己受那么多伤，心疼她无力把自己从泥沼中拖出来，也心疼另一个姑娘遭受着与她同样的痛苦。

我记得曾经也有一个有女朋友的男人，对我说过跟女朋友已经没有感情了，要跟我在一起，我瞬间就把他拖入了黑名单，这样的男人即便条件再优秀我也不愿自己与他有任何瓜葛。倘若他真的与女朋友没有感情了，倘若他真的喜欢你，那么就应该尊重你、尊重他自己也尊重那个他曾经爱过的姑娘，至少要先把上一段感情解决干净再来对你说喜欢，这种占有着一个又跟另一个表白的，要么是出于备胎心理怕最后竹篮打水，要么便是三心二意，拿没有感情做幌子想脚踏两只船，总之哪一种都够让人厌恶了!

可能很多读过我文章的人都觉得我很理性，其实恰恰相反，我是一个感性到有时别人一句话就会让我热泪盈眶的人，我写书评和影评，大家对我一致的评价是：不够客观，共情过度。并且我在听别人的故事的时候，也总是自我代入，过于感知别人的喜怒哀乐，但是有一个原则我很清楚，我是一个树洞，我要做的是想办法安慰她，把她拉出来，让她能开心幸福。

我劝她放手，因为在这段感情里她已经把自己作践得不成样子，甚至连她爱的男人都恶狠狠地骂她：你真是个恶毒的烂女人。可从前她明明不是啊，明明是阳光明媚、开朗大方的啊！

而她说什么都不肯放，她说既然卷进来就不想逃避，承受了这么多背叛和伤害，她更不想放手去成全别人的幸福，如果这场争夺战要一直持续，她也要奉陪到底。

我忽然想起多年前看过的饶雪漫的《离歌》，失踪许久的毒药回头找马卓，半夜他的手机亮了，马卓拿起手机发现那个联系人的名字是"老婆"，而马卓没有吵醒毒药，也什么都没说，只是默默地把毒药紧紧地抱入怀中。因为她知道这次的相聚短暂且珍贵，她只敢珍惜不敢有丝毫的吵闹，即便知道对方很可能因为另一个女人突然又消失，可她还是爱着他，义无反顾的。

现实中竟也有这样的傻姑娘，就是要定了他，不管多痛不管多辛苦都死抓着不肯放手！好像只要能换来他短暂的回头，这中间的所有伤害就都变成值得！

然而，这真的是爱吗？她们只是被自己的不甘心控制了吧，因为付出了那么多，纠缠了那么久，便更不甘心放弃，不甘心曾经的付出最后却一无所得！可是她们却总是想不明白，这明明是一个旋涡，你越不肯离开，就会被卷得越深，付出得越多，这是一场注定谁都是输家的战争啊。只有离开，离开才有可能看到光明！

我时常对自己说一句话：如果你控制不了自己的感情，起码你要控制自己的行为。

做人必须有原则，这个原则便是你行为的准则，是不管情绪多么激动，都不可以触碰的一个底线。就像曾经的失恋，不管多么痛苦都要压抑着不能回头，因为知道回头便是黑暗是泥潭，往前走才有可能看到阳光。如果当初我放任自己一直纠缠下去，那么我也不敢想象现在的自己会是什么样子！

情感上可以感性，但是行为上请你理智，感性是让自己的心更柔软，怀抱着热情去发现世界的更多美好，而理智便是让我们控制自己，不被情感操控，毕竟我们生活在社会中，仅仅依靠情感作战往往会迷失自我，那么这时候就要用理智把我们拖回正常的人生轨道。

我们要的不是一段感情，不是一个人，而是幸福！

感性的迷失常有，但请你学会用理智点醒自己。

他追你 不代表
他 爱你

在微信里看到一句话：一千个男人追你，未必有一个男人爱你。

每次被别人问到"你为什么没有男朋友"的时候，我总是回答"没人要啊"，然后他们就嗤之以鼻："怎么可能，哪个女孩子没有三五个男生追啊，是你自己眼光高看不上人家吧。"

可是，即使抛开我自己是不是看得上别人不说，我也没有看到有谁多么看得上我啊。

始终觉得，有些男生的追求，就像是游戏，他觉得你不错，可以拿来当女朋友他就开始追求，其实要说到对你的喜欢也并没有多少，你不答应他的追求，他立刻就放弃了，这么难搞的一个人，还是换个目标吧。

当然大概也有一些真心的，觉得你很好，真的想要跟你在一起，可是这也不一定就是爱，人们说不以结婚为目的的谈恋爱是耍流氓，可我觉得单单以结婚为目的的追求更是耍流氓啊，人们说婚姻是一个男人对女人最好的尊重，可我觉得爱才是。

有人说，女生没有爱情，谁对她好她就爱谁，但是每个女孩所定义的好却还是不同的。

总有朋友跟我发牢骚说，怎么有的人那么容易遇到爱情，刚分手一个马上又谈一个，而我们却那么难。

我说每个人对爱情的要求和感知度不一样吧，比如我，对于恋爱我的要求就很高很高，我要他懂我，要他能温暖我，要在他那里能够感觉到爱，要我愿意跟他在一起一辈子，有一点不安和怀疑我都不愿去尝试。

有些人，只要两个人在一起玩得开心大概就可以拿来谈恋爱了，至于以后能够谈到什么程度就边走边看了。

有些女孩子很容易被一些表象迷惑，送束花，记得你的生日和所有的纪念日。

你就以为他有多爱你，可其实这只能证明他大概是一个有心的或者是浪漫的人，却并不能代表这爱有多深。

我有一个女同学，身材高挑，脸蛋也不错，原来有一个谈了一年的男朋友，她经常对我说："我想分手，可是怕他不同意啊，他太爱我了，为了我自己跑去深圳发展，为了我努力拼事业，为了我做了很多事。"

每次听她的这些话，我都想反驳两句，人家是为了你吗？他去深圳不是自己想去的吗？他努力拼事业不是因为自己想有所作为吗？

他不过是以这么好听的名义哄你，你就真的信了啊？

如果真的很爱你，他会每天跟你大呼小叫吗？

如果真的爱你，他会在你搬家的时候看着你干活自己坐沙发上抽烟吗？

后来他们吵架分手了，是男生提的。

我想，她就是一个被自己良好的条件蒙住心灵的人吧，她会觉得我这么好，我值得那么多人很爱很爱我，所以，她很容易相信，那些鲜花和甜言蜜语的浪漫就代表着爱。

而很多平凡一些的女孩，没有那么多的自信，即使有人每天在她身边殷勤周到，也不会轻易就把它当作是爱，这样的女孩的心很深，不是一些表面的语言和浪漫就能触碰的，它需要一颗同样很深邃的心，能够懂得她需要的是什么。

首先你要让我感觉到你爱我，如果没有到爱的程度很喜欢也是可以的。可是你只让我感觉到了，你想结婚了我是一个合适的结婚对象，你想谈恋爱我符合做你女朋友的标准，却没有多少情在里面。

严歌苓有本书叫《霜降》，女主是个高干家庭的小保姆，喜欢上了这个家庭的小儿子，小儿子也喜欢她，但因为她是个小保姆，他不肯承认自己的喜欢，他撒谎，他掩饰，他逃避，他交了新的女朋友，同样的高干家庭，同样的骄傲，同样的优秀，他说他尊重她却不爱她，他们很努力地想要去相爱，他们知道彼此是最最完美的情侣搭配，可是他们没有爱。他喜欢着霜降，却因为霜降的职业和追求，他不尊重她。

真正的爱，不只是觉得她符合你的择偶观，也不是简单的一个喜欢，而应该是喜欢她、尊重她，并且不管她何种家庭、何种职业、经历过什么。

恋爱当然应该是双方的付出，不能只由一方努力，但在这段关系确立之前，你首先要用行动和坚持，让她感受到你的真心。女生要的不是礼物，不是金钱，而是用心和诚意，你可以笨拙，但不能什么都不做。

另外，不要指望在追求的时候，一分付出马上就能获得两分的回报，有时是你要先付出五分才能得到两分，也有时是你要持续付出八分但是对方会回报你十二分。

我曾经说过，感情不是追出来的，一味地对女生好，不一定（甚至是绝对不）能真正地打动女生，那些追求成功被女生爱上的，都是在追的过程中让女生逐渐发现了他的优点，觉得这个人值得被爱，而不是单纯依赖他的那些付出。

对有些人来说，爱情真的很难，但即使再难也不能放弃希望，因为它真真实实存在，只是你还没遇见。

最后跟大家分享我比较喜欢的一首诗《爱》：

我爱你，

不光因为你的样子，

还因为，

和你在一起时，

我的样子。

我爱你，

不光因为你为我而做的事，

还因为，

为了你，

我能做成的事。

我爱你，

因为你能唤出，

我最真的那部分。

我爱你，

因为你穿越我心灵的旷野，

如同阳光穿透水晶般容易，

我的傻气，

我的弱点，

在你的目光里几乎不存在。

而我心里最美丽的地方，

却被你的光芒照得通亮，

别人都不曾费心走那么远，

别人都觉得寻找太麻烦，

所以没人发现过我的美丽，

所以没人到过这里。

喜欢 就去表白，
做朋友 有个屁用

一

　　猴子是我的大学同学，籍贯辽宁，长得人高马大，高中的时候暗恋自己同班前排的一个姑娘，姑娘成绩好，长得也漂亮，他碍于姑娘的追求者众多，自己胜算太少，就策划出一个迂回战术——打兄妹牌。

　　于是，在某次跟踪姑娘去宿舍楼下打热水，姑娘不慎摔倒时，他成功地上演了英雄救美，并拍着姑娘肩膀说："以后你就做我妹妹吧，再有这种力气活就喊哥，哥来帮你干。"姑娘说自己刚好没有哥哥，于是，兄妹关系就这么堂堂正正地确立了。

猴子这个哥哥一做就是整个高中。其间，两人的兄妹感情得到了高度的升华，升华到比亲兄妹还亲。他不仅帮姑娘提热水，买感冒药，送红糖水，还成了姑娘恋爱路上的绊脚石。两个人几乎无话不说，当然除了他喜欢她这件事，每次有男生给姑娘写情书，姑娘都真诚地拿给他看，然后他就对姑娘说："妹子，咱要考大学呢，不能早恋，以学业为重啊。"接着就把情书撕得粉碎。

后来高中毕业，姑娘考上了北京的一所大学，他本来也偷偷报了那所学校，无奈自己成绩差太多被刷到了第五个志愿。送姑娘去上学的那天，他简直百爪挠心，一是，舍不得与姑娘分别，担心她一个人在外照顾不好自己；二是，铺垫了两年的感情啊，到底要不要表白，不表白的话以后分开不是就没机会了吗？！

现在姑娘把他当亲哥哥对待，如果表白，姑娘会怎么想，她会喜欢自己吗？会不会觉得自己欺骗了她，如果姑娘不喜欢自己，拒绝了怎么办？那以后还怎么面对啊，不是连兄妹也做不成了吗？！

他就这么一直纠结着，直到帮姑娘把行李放上了火车，一边说些注意安全、照顾好自己之类的寒暄话，一边在内心做着激烈的斗争，最后火车还剩最后几分钟发车，列车员喊送行的人下车，他这才意识到再不说就没时间了，可是"我喜欢你，做我女朋友吧"那句话就在喉咙口却怎么也说不出来。他极不情愿地下了火车,在火车下难过得捶胸顿足,然后姑娘的电话打过来了:"哥,你是不是还有话要跟我说,你今天总是欲言又止的。"他终于鼓足了勇气,话到嘴边了,他改口了:"妹子,哥……哥……哥就是不放心你,你……你路上注意安全,一定要照顾好自己。"

然后,火车开走了,带走的不只是姑娘和他表白的机会,还有他青春期的爱情。

因为他决定不表白了,他发现自己没有勇气对姑娘说出深埋了这么久的感情。他想,就把这段感情放在心里吧,能够做兄妹也很好啊,让她像依赖亲哥哥那样依赖自己,对他来说也是一种幸福,他愿意就这样一辈子守护着她!

可是,成年人的异性关系,如果不能成为恋人,怎么可能那么单纯地一直持续下去。

两个人在大一上学期依然保持了亲密的联系,但下学期时姑娘告诉他自己喜欢上了一个男生,可能要恋爱了。再往后,可想而知,他们的联系逐渐变少,最后几乎就断掉了。

恋爱中的人大多都是有异性没人性的,姑娘跟男朋友腻歪去了,哪还有时间搭理这个"哥哥"啊。于是,猴子不只错过了爱情,也失去了那个曾经想要守护一辈子的"妹妹"。

现在很多年过去了，他们已经相忘于江湖，猴子有了女朋友，姑娘也早已结婚生子，也许她还能记住那个过去照顾了自己几年的"哥哥"，但大概也只是一段记忆而已。

想起曾看过的一句话：喜欢就去表白啊，大不了不做朋友，做朋友有个屁用！

是啊，做朋友有个屁用啊，如果当时不把握，最后还不是相忘于江湖。也许，过了许多年之后，你会觉得相忘于江湖也不错，但是对于当时爱着的你，难道愿意将来在那个人的生命里再也没有你吗？

不要说什么错过了就代表不属于自己，那不过是为某些人，在感情中的不主动、不争取找的借口罢了。

二

一个姑娘给我发微信，说自己喜欢着一个男生，男生对自己也有好感，两个人每天说着暧昧的情话，可是却谁也不敢再往前走一步。

我问她为什么不挑明，她说怕他拒绝在一起，也怕真的在一起之后，会对彼此失望。

网上有句话：最美好的大概还是那些初识的日子，是对彼此不全然地了解又极度渴望了解的那段时光。

所以，她怕现在的这种美好如果再前进一步就会消失，怕自己会对这份感情失望。她说，哪怕后来不在一起，彼此不再联系，但至少彼此在对方心里还是现在这般美好，总比将来在一起以后发现，对彼此的好感不过是错觉，最后失望甚至相恨相杀要好一些。

我说，不是这样的，你们现在心里的这种美好，不过是因为彼此刚好处在能够产生美的那个距离，在这个距离里你们对彼此有一些了解，能看到对方让自己欣赏的优点，也努力表现出自己最美好的样子给对方，相处上既有情人之间的关爱也有朋友之间的尊重，所以你会觉得这个时候的关系既和谐又美好。

但是，你不可能永远维持在这个距离，如果不往前走，总有一天会往后退，当你们远离了产生美的距离之后，这种美感也会逐渐消失，最后他在你心里、你在他心里都会变成一个普通人，不过是一个彼此互相欣赏的普通关系的人。

相反，如果你往前走呢，会有两种可能。

一种可能是，彼此深入了解后，发现对方的种种缺点，觉得彼此不是很合适，然后对这段关系失望，到后来分道扬镳。

最开始可能会互相有埋怨，因为刚失恋时彼此不够冷静，看待失恋这个问题比较偏激。但是过个半年一年后，当你走出失恋的阴影，对方在你心里也会变为一个普通人，不会是恋爱前那么好，但也不是恋爱之后那么糟。

另外一种可能是，两个人在一起，发现对方与自己想象中的一样，甚至更加美好，于是越相处感情越深厚，最后手牵手越走越远。

当然一辈子很长，能够一起走多久谁也说不准。但是你总要往前迈一步，给自己一次证明的机会。暧昧的美好感觉不会永存，如果不在一起你前面只有一种可能，两个人总会回到普通关系的位置，如果在一起起码有50%甚至更多的一起走下去的机会。

三

宋承宪、宋慧乔还有池珍熙合作拍摄过一个MV叫《思娘》，宋承宪与池珍熙是好朋友，宋承宪暗恋着宋慧乔，买了花想要送给她，但自己却没有勇气走到她面前。

池珍熙原本想鼓励他，可他却在宋慧乔看过来的时候，把花塞到池珍熙手里，自己跑了，所以后来……宋慧乔与池珍熙在一起了。

宋承宪每天看着他们那么恩爱，一个人回想着从前，抽着闷烟，那时他的心里一定是一万匹草泥马狂奔吧，后悔、难过、嫉妒，但是这还是好的，如果宋慧乔能够从此幸福地生活下去，大概总有一天他会看淡，然后自己也爱上另一个姑娘，三个人都过上幸福的生活。

可是，池珍熙却在一次飞机事故中机毁人亡。

宋慧乔承受不住这沉重的打击，开走了池珍熙为她造的飞机，撞向了海中的小岛。这一切就发生在宋承宪面前，他开着车一路狂追，但是，却没有能力阻止这一切的发生。

那一刻的他该有多么无助，曾经明明有机会获得给予心爱的人幸福的权利，却没有勇敢抓住，现在她遭遇了这样的不幸，他的内心除了难过是不是还会有无尽的愧疚？

飞机在自己头顶飞过，眼看着它一点点远去最后撞毁，而自己却什么都做不了，那种无力感，一定让他后悔死了当初在这段感情里的不作为吧。

表白需要勇气，但是如果你连这点勇气都没有，失去的不仅仅是获得爱情的资格，也失去了给予对方幸福的权利。将来，无论对方幸福还是不幸都是与另一个人息息相关，你只能做个局外人远远地观望着，哪怕对方生活不幸，你心疼得五脏俱裂，也无法为她改写命运。那么，你希望这样吗？

四

曾有个朋友告诉我，他喜欢过一个姑娘，后来听同学说姑娘也喜欢过他，但喜欢姑娘时的他，并不知道姑娘也喜欢他，他怕被拒绝，怕尴尬，怕最后没面子，所以一直没行动。现在知道了真相，虽然已经不再那么喜欢姑娘了，但这种方式的错过却让他觉得遗憾又难过！

当你喜欢上一个人，就等于在你面前已经有了一份50分的爱情，你该做的应该是想办法去得到另外50分，凑成100分，但是如果你不去表白争取，就等于自己主动放弃了这50分。

上帝会眷顾每一个勇敢说"我爱你"的人，可如果你连这份勇敢都没有，那么，活该你错过，活该你单身！

最后，希望所有单恋的人都勇敢地去表白，希望所有的表白都能换来一句"我愿意"！

再多的爱　也经不起
你的　无理取闹

凡是你想控制的，其实都控制了你，愿岁月锤炼你一副丰满的灵魂和清瘦的欲望。

　　我有个朋友，1993年的姑娘，性格活泼可爱，很讨人喜欢。但缺点是太任性、太敏感、公主病，严重作死型！

　　最初认识的时候，几个共同的朋友都很喜欢她，觉得姑娘是个呆萌逗比，虽然有点孩子气但也很愿意宠着她。后来渐渐发现她很爱闹脾气，如果她跟你讲话，你回复晚了，她就生气说你不想理她，如果她跟别人吵架，你没有及时哄她，她就认定你不关心她。每次你都要放低姿态像哄小孩子一样安慰她，跟她道歉（可其实你明明没有做错什么），不然她就说你不把她当朋友要绝交。

后来，开始有朋友跟我说，她太任性了，受够了，那时我还劝别人："她就是个孩子嘛，想要别人关心、在乎，给她就好啦。"我以为自己有很强的能量，可以一直包容下去。我也试图让她改变，跟她讲过很多道理，她都表现得很乖，下定决心要改，但事实却是她的任性愈演愈烈。

慢慢地，我也累了，她再作的时候，真的没有耐心和力气哄了，就由她自己去哭去闹，等她气消了再敷衍地说两句宽慰的话。

再后来，有一次，她让我帮她做一件违反我自己原则让我很为难的事，我没有答应，她便生气了，说以后不必哄着她也不用受她的气了，再见吧，然后删除了我的微信。

朋友说，她只是一时闹脾气，过两天不气了就会找我和好的。但是我觉得，我够了，她删除我之后，除了心寒（因为她不珍惜这友谊），我更多的感受却是解脱，倘若过几天她气消了找我，可能我也不会接纳她了，不是生气，而是我对她的友谊尽了。我从前对她的喜欢、宠爱，已经被消磨没了，再想到她，我的脑子里只有一个感觉：累！哪怕她真的如我从前希望的，变得乖巧懂事，我也已经没有力气再与她相处了，从前的亲密再也不会回来了。

虽然这是一个很琐碎的、关于女生之间友谊的故事，但是从这件事我似乎看到了很多情侣从相恋到分手的整个过程。

　　最开始可能因为外表或者性格的原因，两个人彼此喜欢于是恋爱，后来女生觉得男生的关心不够、爱得不够就开始跟男生吵闹，动不动就用分手威胁，男生觉得她只是耍耍小脾气，于是宠爱地容忍着一切，想尽办法挽留。

　　后来女生更加有恃无恐，闹得越来越多，男生的耐心也在一点点减少，终于没有力气哄了，就随她去闹。可这又引起了女生更多的不满，终于，在某一天的某一刻，当女生再次吵闹着说，我们分手吧，男生忍痛果断地同意了。

　　因为他累到没有力气再挽留了，他对女生的爱也已经被那些吵闹磨尽了，可能女生还以为只是与从前一样的一次争吵，只要自己原谅了想要回头男生就还在原地，继续宠她爱她，却没想到，男生很决绝地再也不肯回头了。

　　这并不是我自己的空想，而是听了太多这样的分手实例！大多数情况，女生都不相信男生不爱了，以为只是想惩罚她，只要自己承诺以后不作了，再也不任性胡闹了，对方就能回头，但实际上最后的一根稻草已经把这段关系压垮了。人与人之间的好感是很脆弱的，你关门的声音大了，我就以为你讨厌我了。

　　一个人对另一个人绝望有时就是一个瞬间，绝望过了，怎做都来不及了。

不管爱情还是友情，想要一段关系持久，最重要的是双方能够建立起和谐的相处模式，必须保证两个人的相处是轻松愉快的，不能只顾虑自己是否在这段关系里得到了心理满足，也应该尽可能地让对方因为这段关系感受到更多的幸福，让对方因为有你的存在，而幸福多一些。

"欲将取之，必先予之"，爱更应是这样，如果别人不爱你，你哭喊着去要是要不来的，你只能自己先去爱别人，对别人付出，虽然并不一定能换来同等的爱，但尽人力，听天命，努力过就有希望。如果别人爱你，你更应该加倍珍惜，偶尔的敏感会让爱你的人心疼，但一味的玻璃心就会让人觉得累了，再多的爱都经不起无理取闹的消磨！

没有人能一直关注你的喜怒哀乐，不要期望做谁的焦点，即便是恋人！请学会感激别人的关爱，学会体谅别人的忽略。越长大越应该学会独立行走，得到别人的爱不容易，要小心呵护。

分手的 那一刻，
便没有头 可回了

到底还是走过去了，不是错过，不是路过，而是彻彻底
底地走过去了。再也不能回头，再也回不到过去了。

——《晚秋》

7月14日早晨，闹钟响的时候，我还睡得昏昏沉沉，拿起手机关闹钟，却发现屏幕上有一条信息，信息的发送者是那个我以为这辈子再也不会联系，再也不会有交集的人——前男友！

记得刚分手时，确实开着玩笑说过，如果两年后大家都还单身，都找不到合适的人，那就再在一起吧，如今两年之期快到了，他也真的出现了，而我发现根本不可能再在一起，我走出来太远太远了，他在我这里已经几乎变成一个陌生人，我连与他对话都是客客气气的。

在他出现之前，我也还曾以为，他在我这里会一直是一个特

别的存在，写过那么多文章去纪念，到现在才明白，特别的不是他，是那时候的自己，纪念的也不是他，是自己的爱情、青春和回忆，他早已成为一个匆匆过客，从我的生命中抹去。

现在回想，还能记起最开始分手时自己有多么不舍，想象今后两个人形同陌路、再不相见简直可怕。分手后又是多么艰难才控制住自己不去主动联系，又有多少次克制不住想念贱兮兮地主动联系，自以为他会开心却被他的冷淡态度击溃，于是后来每次想联系时就默默对自己说：也许他现在正跟别的女孩子在一起，也许你主动联系，他只会冷冷地说你好烦，也许还会与别的女生一起嘲笑你分手了竟还这么不知羞耻地缠着他。这么想的时候虽是万箭穿心，但好歹为了不让自己的尊严被践踏，我再也不主动了。

总是忍不住希望听到他的消息，想知道他做了些什么，过得好不好，是不是有新的女朋友，好像与他有关的任何一点消息都变得特别有吸引力。总想把自己表现得很好，希望他能知道，希望让他觉得，分手后我还是过得很好啊，很好啊！

幻想过好多次，若是他回头联系我，我一定会激动得想哭吧，也许还会忍不住地怨怼，把失恋之后因他而受的心伤都一股脑地跟他吐一吐，然而事实上我并没有，看到他信息的那一刹那，我不激动也不悲喜，感觉只是一个很久不联系的人突然给我发了条消息，有一点惊讶，仅此而已。当我把这件事告诉朋友的时候，朋友说，你就不该理他呀，你受苦的时候他在哪儿呢，如今又来联系你，换作是我就骂他一顿然后让他有多远滚多远。

可是我并没有这样的恨，我知道他的主动一定也是做过太多思想斗争，鼓了太大勇气的，否则以他的倔强以他当初的决绝又怎么会联系我，所以我不愿说任何严厉的语言去伤害他，就当他是一个普通的相识，客气地回应就好了。

他不停地对我说起从前，可我觉得那些都离我好遥远，远到已经是另一个时空的事，竟勾不起我的半点怀念。他跟我讲自己这两年的经历，讲他的那些挫折和伤痛，而我也没有半点心疼了，我曾以为会心疼他一辈子的，以为分手后不管多少年只要知道他不好都会很难过，可是我完全无感了，听着他讲话，我觉得自己像是一个无情无爱无恨无心的人，我从来也不知自己竟还有如此冷漠的时候。他问起我的现状，你看我盼望了那么久的机会终于来了，我可以向他炫耀我过得有多么好了对不对，然而我想回答他的只有淡淡的四个字：我挺好的。过得好不好是我自己的事，与他真的没有关系了。他说这两年我的一举一动他都很清楚，我从前也是这么幻想过的，分手后他会不会依然在偷偷地关注着我，我以为如果真的是这样我会很感动的，可是现在，我想到的，只有：呵呵，呵呵！他关不关注我，我也早已完全不在乎了。

看过一句话：年轻时以为错过的只是一段感情，最后才发现错过的是彼此的一生。其实，在分手的那一刻，便早已经没有头可回了。两条生命线的交点只有一个，错过了便是永远无缘了。

从前一直怀疑，曾经真心爱过的两个人，即便分手，在心理上也该还是熟悉的吧，曾经走得那么亲密过的人，即便分开再久，互相有过的关心也是不会少的吧，但亲身经历的事实告诉我，时间真的会把两个曾经绑到一起的人，还原回陌生人的位置。我再也不在乎、不关心他和与他有关的一切，也并不希望他知道关于我的任何消息，而对于自己的这种改变，我想做的：

只有欢呼！！欢呼！！！

于深夜写下这些文字，感觉像是一场对这段爱情的告别，从此大概再不会怀念！另外，一句我很喜欢的话送给所有读到此文的人：一生努力，一生被爱。想要的都拥有，得不到的都释怀。

失恋　是人生
最好的　经书

真正的失恋要经过三个阶段：第一阶段当然丧尽自尊，痛不欲生，听到他的名字都会跳起来。第二阶段故作忘却状，避而不提伤心事，可是内心隐隐作痛。到了最后阶段，他的名字与路人一样，不过是个名字，一点儿特别意义都没有。

——亦舒

每个人的恋爱故事都不同，但失恋的感觉却都大致一样。曾经看过一句话：失恋是人生最好的经书。不能同意更多！

我有一个女朋友，性格软软糯糯，声音柔柔嗲嗲的，我们都喜欢喊她蜗牛。在如今这个女汉子盛行的时代，蜗牛是绝对的淑女、乖乖女、贤妻良母。

2013年十一的时候，蜗牛失恋了，前男友是她高中同学，两个人相识八年相恋两年。蜗牛说，前男友连她面都不见只发了一条短信：我们分手吧，我觉得你太丑了，会影响下一代。

这个奇葩的理由，让我们所有人都瞠目结舌。平心而论，蜗牛并不丑，再说就算是真丑，他又何必用这样把人伤得体无完肤的方式来提分手。蜗牛是个死心眼又太懂事的姑娘，谈恋爱的时候从来不带大脑，就算前男友跟她说了这么恶劣的理由分手，她也没有半点怨怼。

起初，她怀疑前男友在跟她开玩笑，不停地回拨电话，可是对方要么关机，要么不接电话。后来她又怀疑，会不会是他得了什么绝症怕连累她啊，要是那样的话，她一定死缠着他不放，陪他到最后（前面说过蜗牛恋爱是不带大脑的，请原谅她天真、善良、没智商）。

再后来蜗牛找了他们共同的高中同学，让同学去问前男友是怎么一回事，结果得到的答复是：就是嫌弃她丑，就是觉得她配不上他，就是认为她没资格做他女朋友，当初在一起，不过是感觉她性格还好，对他也不错，从来没有真的喜欢过她，仅此而已。

想起在张嘉佳的《从你的全世界路过》中看到的一段话：很多人都喜欢这样，拖延到无法拖延才离开，留下无法收拾的烂摊子，只要自己不流泪，就不管别人会流多少泪。

我总觉得在感情里这样的人是可耻的，既然不配，那当初为什么要跟她在一起，要拿她来将就，既然不配为什么不早一点让她知道，也好让她有个准备，如今你为自己铺好了后路，抽身而退，却不管后面别人的心碎！这真的不只是在感情上的绝情，还是在人格上的无耻。

蜗牛有很长一段时间，自信心完全瓦解，她把前男友说过的话当成了真理，好像自己真的就差劲得无可救药，我们用了很多方式去挽回她的自信，告诉她：蜗牛你不丑，你挺美的，你很善良又懂事，会做家务又不拜金，你温柔体贴又可爱。可是她陷进了自卑的旋涡，这种自卑让她不知所措，让她甚至以为自己的整个生命都没有意义，她开始讨厌自己的长相，讨厌自己的性格，讨厌自己的生活。

在否定自己、讨厌自己的同时，她还是没有办法控制住对前男友的想念，还是想尽办法要找到他，甚至觉得哪怕他那么不喜欢自己，哪怕他把自己踩到尘埃里，只要他能回头，她就还愿意接受他，那时候的蜗牛是完全没有理智、没有自信也没有自尊的。

大概很多姑娘都是这样，在失恋之初的那段痛苦不堪的日子里，否定了所有的自己，整个三观都土崩瓦解，然后拼命地想要为对方去重塑自己，以为只要能让他回心转意怎么样都好。可是每个人的价值观和审美观都是不同的，一个男人看不上你，那只能说明你不符合他的女友标准，跟你好不好其实不一定就有必然关系，而且他不爱你就是不爱你，你怎么按照他喜欢的样子去改他还是很难爱你。

亦舒曾说过一句话：无论做什么，记得是为自己而做，那就毫无怨言。所以，就算真的是自己不好才导致的分手，也要在理智、客观、公正的基础上，确确实实地认识到自己的哪里不好，绝对不要因为某个人的一句话，你就三观重塑。

幸好，再痛苦的失恋都有一定的时间期限，两三个月之后，蜗牛终于还是走出了失恋的第一个阶段，进入第二阶段，这时的她恢复了大部分的理智，开始细想从前的点点滴滴，也终于相信了从前的那段感情，不过是自己一厢情愿的假想，自己把它渲染成又唯美又伟大的真爱，而在别人那里不过是一场随随便便的将就。

她开始重新审视自己，学历不够高她报了各种培训班去学习，长得不够漂亮她试着学习给自己化妆，工作不够好，她努力提升自己换一个更体面的工作。这时的她已经不是那个想要为了前男友改造自己的傻瓜了，而是为了自己，想让自己更喜欢自己。伤痛是可以在让自己一点点变好的过程中，慢慢被治愈的。

然后，一年过去，蜗牛真的变得更漂亮、更自信、更爱生活了，也还是保持着温柔体贴、善良懂事的好品德，而且遇到了真心爱自己的人。

她说相对现在来说，觉得从前的爱情走得好辛苦，每天都要花心思去照顾他、迎合他，怕自己做得不够好让他不高兴，很多他的关心，他对她的好也都是自己费心讨要来的，情人节、生日都要自己去提醒，他是从来不放心上的。

而现在，觉得一切都是自自然然的，不用刻意讨好，自己不高兴了也可以耍脾气，各种节日不用自己说，对方就知道要给自己惊喜，她说："直到现在我才知道什么叫恋爱，我只做我自己，也尽自己所能地对他好，但绝不讨好，绝不为了迎合他而改造自己，假如有一天他也不喜欢我了，那就不喜欢了吧，我还会是这个样子，按照我觉得对的方式去做人和生活，一定会有人欣赏这个最最真实的我。"

失恋最初可能让人痛不欲生，但是只要走出来，一定会成就一个更美好的自己。我相信现在的蜗牛已经读完了失恋这本经书，也从失恋中学会了如何爱自己，如何爱别人，如何经营爱情。

爱情就该是很自然的事，所有费尽心思辛苦讨要来的都不是爱情。所以，你只需要按照自己觉得对的方式去做人和生活，就算别人否定你，你也不要轻易否定自己，只是因为他们没有心力读懂你而已，你只要好好活自己就好，一定会有人爱那个最真实的你。

第三章

要嫁，就嫁给幸福

那个对的人，

并不一定是一百分的人，

而是他所拥有的、

能够给你的，

刚好是你心中最为看重、

最最期望的。

愿所有爱情， 都是剥离
假象后的 真心相爱

有时候你所以为的爱情不过是一种假象，是执拗！有时候你以为自己不爱，而那个人却是心中最痛。

跟朋友一起看了电影《夏洛特烦恼》，被其中的多角恋触动，夏洛对秋雅念念不忘许多年，当他真的拥有再一次重来的机会，得到了女神秋雅并走上人生巅峰之后，却发现那个陪自己患难与共、从来不被自己放在眼里、没有珍惜过的粗鲁女人却是自己想要用现在拥有的一切换回的。

秋雅曾经是他的理想，是他梦里爱人该有的模样，是青春期的躁动，是一个少年对童话般爱情的向往，而马冬梅却是他的爱，是坚定地陪他走脚下的路，心疼他承受的所有伤痛，分享他的所有喜悦，与他风雨兼程的那个人。

很多人都是这样，在心里有两份爱情，一份属于理想，一份属于现实。

曾听一个朋友讲过自己年少轻狂时的一段单恋，初二开始喜欢一个姑娘，为姑娘做过很多现在看来荒唐幼稚的事，却不改初心。

初三那年姑娘生日，他买了蛋糕和蜡烛跑到姑娘宿舍楼下，把蜡烛摆成心形，自己扯开嗓子喊姑娘名字，想等姑娘出来便给她唱生日歌，对姑娘说"我喜欢你"，可是姑娘只在楼上看了一眼就回屋再也没有出来，他排练了很多天的戏都没机会上演。

高中的时候，他有了女朋友但心里一直记挂的还是那个姑娘，交女朋友只是为了掩饰自己在她那里的挫败。姑娘的一举一动他都在关注着，姑娘恋爱了他心里难过就对自己女朋友发脾气，姑娘失恋了他课都不上偷偷去找她想安慰她，姑娘却根本不愿见到他。每年姑娘生日，他都会精心挑选礼物托人送给她，而自己女朋友的生日却总是忽略。他对那个姑娘的所有痴情，女朋友全部看在眼里，却没有半句责备。

后来他跟女朋友考入了同一所大学，那个姑娘去了与他同一个城市的另一所大学，他时常背着女朋友偷偷跑去姑娘的学校看她，但是姑娘自己有男朋友总是对他爱答不理的。女朋友一直默默地陪在他身边，眼看着他为另一个姑娘时而心痛，时而疯狂。

后来机会终于来了，姑娘再一次失恋了，而且竟然主动打电话给他，当时他激动得简直要晕倒了，本来跟女朋友约好一起去看电影，他对女朋友说了一句："她失恋了，我得去看看她。"就撇下女朋友，去了姑娘的学校。

那天他陪姑娘一起看了本来约好与女朋友看的电影，陪她听了偶像的演唱会，他也鼓起勇气牵了姑娘的手，最后两个人还一起去了宾馆。第二天，他跟姑娘说："我们在一起吧。"姑娘说："可是，你有女朋友啊。"他说："那我回去跟她分手，我们在一起吧。"姑娘没有同意也没有拒绝，只是沉默。

他真的找到女朋友，跟她摊牌，说自己这么多年以来一直都无法爱上她，他心里一直喜欢的都是另一个姑娘，他原本以为女朋友会打他骂他，会歇斯底里，会不依不饶，会死缠烂打，结果女朋友只是淡淡地问了一句："你真的想清楚了吗？"他毫不犹豫地说："是的，想清楚了。"然后女朋友甩了甩头，爽快地说："好，我们分手吧。"便转身走了。

他看着女朋友离去的背影，忽然觉得怅然若失，好像丢了什么宝贵的东西，心里有根筋在不停地抽搐，阵阵地疼痛。

再后来他跟姑娘在一起了，盼望了六年的时刻终于到了，苦苦单恋了六年的人终于走在了自己身边，可是这一切却与他想象中的完全不同。他与女朋友在一起时，觉得整个人都是放松的，不管自己说什么她总是一副赞赏的表情认真地听着，而跟那个姑娘在一起，自己总是小心谨慎，想尽各种方法讨她欢心，而她却还总是责怪他不够成熟稳重。

　　是的，这六年来，他一直以为，如果能跟姑娘在一起，那于他而言一定是天大的幸福，然而现实却告诉他，这爱情并不是他以为的样子，姑娘也不是他曾经想象的那般美好，在一起之后的他并不感到开心，只觉得这样的恋爱原来比单恋还要辛苦。

　　他说，就好像你一直以为1+1就是等于2的，现在别人却告诉你正确答案是3，而你原来的所有认知其实都是错的，自己坚持那么多年的真爱，却原来只是空洞的想象。

　　可是他不甘心啊，用了整个青春来爱的人，等待了那么多年终于得到的人，哪怕是一场假象也绝不愿意轻易放手。

　　后来大学毕业了，离校那天，他与前女友意外地坐了同一班公交车，车上只剩并排的两个位子了。为了表现男士的豁达，他主动与前女友打招呼，跟她闲聊，问她毕业之后的打算，有没有交新的男朋友，而前女友什么都没有回答，只轻描淡写地说了一句："你瘦了好多。"

那一刻，他的心狠狠地疼了，从前与她在一起的画面像潮水一样全部涌了上来，他再也装不下去了，忍不住对前女友说："我想你了。"前女友听完先是一愣，然后急忙转身面向窗外，他看到她的肩膀在不停地抽动，听到了她压抑的哽咽。

她哭了，他也忍不住哭了。

他问她："你还愿意跟我在一起吗？我们回到从前好不好？"她说："不可能了，我跟你在一起五年，看着你执着了五年，我一直相信有一天你会发现你爱的是我，可是你发现得太晚了，我疯狂地爱过你，就像你以为自己爱她那样，但是都是从前了。"

最后的最后，他还是跟那个姑娘分手了，而前女友也再不可能回到他身边，他就这样被一场青春的执拗，耽误了真正的爱情。

人最难得的就是看透自己的内心，清楚自己想要的是什么。

也许心中理想的爱情很美好，可现实中身边的爱人却是真的在守护着你啊。别被自己的执拗蒙蔽双眼，别为了假想中的爱情，忽略了身边的真心。

真心祝愿，所有爱情，都是剥离假象后的真心相爱。

当情太深　而缘太浅，
至少要　好好说再见

我记得你说过的话，我记得曾为你疯狂，当情太深而缘太浅，至少要好好说再见。

又见证了一场爱情的瓦解，从互生好感，到热恋，再到分手，从开始的懵懂暧昧，到后来觉得彼此相见恨晚、天造地设，再到最后彼此两相厌，咒骂着要老死不相往来，这个剧情如何我不想评说，只是一对恋人从相爱到相恨的过程，总是令人不胜伤感、唏嘘。

很多爱情都是这样，开始的时候觉得彼此完美得无以复加，彼此就是对方眼中最美的风景，任何人诋毁对方一句都会气得跳脚，可最后分开的时候，彼此却成为对方眼中最丑陋、最自私、最无情、最不值得付出一丝真情的人，这样的结局真是让从前那个全心全意爱着对方的自己都始料未及吧。

很庆幸自己当初的失恋是一场和平分手，没有哭闹、没有争吵、没有没完没了的纠缠，更没有恶言相向、互相诅咒谩骂。很庆幸我们都是温柔又重情的人，即使分开也不愿对别人说对方的一点不是。很庆幸当初睁大眼睛寻找了很久选择的人，虽不是对的人，但至少没有让我后悔自己爱错人。

好好地说一句再见，是对我们曾经的爱情最好的祭奠。

分手一年又两个月，写了很多关于爱情的文字，被很多人说过：你一定是没有爱过。可我却觉得恰恰是因为爱过，所以才要不纠缠不回头，才要用理智去忘记。我希望我们都能对得起曾经那么相爱，我希望我们即使分开，对彼此来说依然是一个美好的存在，偶尔想起彼此，想起过去，不会后悔自己曾经全力以赴地爱过。

在一起只有三年，这三年对于整个生命来说不过是几十分之一，可对于青春来说它却是一个刚刚好的年华。

最初认识的时候，只觉得我们是两个相似的人，都很真实，很贴心，很温暖，我看的书他专门买来陪我看，我喜欢的东西他偷偷买了送与我，他爱看的《寻宝》《百家讲坛》也都是我喜欢的节目，凌晨两点会被电话吵醒，让我打开电脑陪他看足球比赛，而他也说过愿意陪我去我想去的城市，不图别的，只是喜欢两个人在一起。

后来就真的在一起了，我说我会好好地谈一场恋爱，一辈子全心全意爱一个人，而他也说，他从来没有想过别的，一开始就是一辈子。

虽然后来的恋爱中吵吵闹闹、打打揢揢，也会为一些琐事怄气，为一些小事争辩，但从来没想过这些会影响彼此的感情。

分手之后，一个大学同学问我因为什么分手，我说，不知道啊，如果非要说一个原因，那大概就是性格不合吧。她说你们商量好的吗，两个人的回答竟然一样。

之所以一样，是因为这是事实啊，真的说不出原因。开始的时候彼此都很笃定，一定是一辈子的绝不会分手，但是不知道从什么时候开始，走着走着就变了，彼此都在爱情里迷失了，再也找不到从前的快乐。也许就是因为都太相信对方，太信任这份感情，早就出现了问题，可是彼此都没及时发现和改善，愈演愈坏，最终走向分手。

我们都是普通人，不会像《胭脂扣》里的如花爱得那么决绝，只愿在一起能够开开心心的，如果眼泪比欢笑多了那就分开吧，让彼此都能有个更好的归宿，能有一个更幸福的人生。

说也奇怪，从前在一起时总是跟朋友们抱怨他这不好那不好，分开之后能够记起的却全是他的好，甚至从前的不好都换一个角度看待变成了好。我不敢说自己曾经爱得多么深，但是我真的把全部的爱都放了进去，曾经无比希望，这一生可以只爱他一个人。

有人说，世间所有的分手，理由只有一个，爱得不够多。可是每对情侣在一起的难易程度还有不同呢，有的情侣占据了天时地利人和，彼此爱了五十分，就可以轻松到白头了，而有的情侣就像海鸟与鱼，要克服的困难、矛盾、现实有一百二十分之多，可他们爱了一百一十分，这样最终还是会分开啊。

我们曾经全心全意、义无反顾地爱过，但最终却发现彼此只能成为过客，那么最好的告别就是，好好道一句再见，说一声珍重，祝福彼此在以后的人生中能遇到比自己更好的人。然后彼此记得也好，最好还是忘掉，去重新开始一段没有对方的、新的人生。

很多刚刚失恋的朋友都跟我说，感觉自己再也不会爱了，好像这一生的爱都用尽了，再也没有能力为另一人付出爱情。我说，不管现在有多难过，不管现在有什么感觉，都要相信未来必定会有一个比从前的人更值得我们爱、也更适合我们的人。现在的分手不是为了让自己抱着这段回忆难过、伤心，而是要让我们有机会遇到更好的爱情！

每一次恋爱都全力以赴，每一次分手都要好好说再见。

我为什么 坚持
必须有爱情 才结婚

爱之于我，不是肌肤之亲，不是一蔬一饭。它是一种不死的
欲望，是疲惫生活中的英雄梦想。
——杜拉斯

　　有个朋友给我发过一个知乎的问答，关于对一个人有感觉和
对一个人有感情的区别。

　　你去宠物超市闲逛，看到一个泰迪你很喜欢很想买，但是你
没带够钱，所以你告诉店主要给你留着，第二天你再来买，但是
这一天你都寝食难安，心里想着那只泰迪，又怕店主会不守信用
把它卖给别人。可第二天你带够钱再来的时候，却看到一只更可
爱的泰迪，价格比昨天那只还便宜，所以你果断移情别恋买了今
天这只。

　　这就是感觉，一时的心动，但是因为没有感情，所以你很容

易被性价比更高的吸引。

雨天下班回家，你看到一只流浪小狗冻得瑟瑟发抖，你很可怜它就把它带回家，每天照顾它，你觉得自己越来越喜欢它了，你们成了彼此的陪伴。一年后有人想用一只名贵的小狗跟你交换这只流浪狗，可能打死你也不愿意换，尽管你知道它不名贵、不漂亮，可它却是你千金不换的一只。

这就是感情，它是你生活的一部分，不因为任何外在而动摇，就像小王子的那朵玫瑰花，因为是亲自浇灌的所以比别的都重要！

每个人对爱情的要求不同，有的人觉得只要有感觉就可以在一起，也有的人可以把感情当作爱情，但还有一部分人，是感觉和感情一个都不能少的。我总是说，爱情不是追出来的，可能时间久了能够培养出感情，却不一定能生出感觉。况且感情也并不是随便两个人就能培养出的，必须两个人合适，并找到一个能让两人都觉得舒服的相处模式，才能给彼此的感情增值，否则不仅感情培养不出，还可能把感觉也消磨掉。

养小狗你可以养一只日久生情的，还可以再养一只一眼就怦然心动的，但是恋爱、结婚不同，你只能选择一人。

我之所以坚持结婚必须有爱情，必须在感觉和感情都具备的基础上，是因为这样才能让人心甘情愿承受这之后的一切。

我记得有个已婚的朋友说过，结婚后她还是一直想着一个曾经喜欢的男生，她跟老公是相亲认识的，老公对她很好，她也觉得幸福，但是想到老公不是自己期望的样子还是有些遗憾，还是会不时想到曾经喜欢的人，那种心动的感觉她在老公身上找不到，所以时常会挑剔他哪里做得不好，因为一开始便是觉得他会对自己好才在一起，现在他有一点疏忽，自己都觉得委屈。

因为不是自己喜欢的，所以总期望对方能多爱自己一些，多为自己付出一些，觉得自己要在这段关系里占据主导的地位才值得自己交付出来的这一生。

不过，感觉也是一种很扛不住消磨的东西，甚至是盲目的假象。有部电影《我爱天上人间》，林心如在里面扮演了一个女导游，一直暗恋着男导游，当她终于鼓起勇气把情书投进男导游的储藏柜后，却意外听到了男导游跟同事的聊天，于是发现自己看错了他，然后仓皇而逃。

当别人问她怎么会喜欢那个人时，她说："我之前也不知道他是这样子的啊。"她只是被外在表象迷惑了。我曾经说过，能不能喜欢一个人是一眼就能看出来的，但是一眼喜欢上的人并不一定就是真实的，还需要深入的了解，长时间的磨合。有的人了解之后发现自己的喜欢不过是假象，也有的人在磨合的过程中逐渐互相深爱。

当然，一辈子很长，哪怕万事俱备都不能保证能白头到老，谁也不能预料未来会遇到什么威胁。

前段时间有个读者跟我说，老公出轨了，并且明确告诉她自己爱上了别人，一定要与她离婚。他们是大学自由恋爱，后来结婚生子，相濡以沫三十年，也一起经历了很多生活的磨难，感情一直很稳定。年轻时她也是校花级的美女，原本是国企职工，为了家庭便放弃了工作，专心相夫教子，最后老公却说这些都是她自愿的，自己并不欠她什么！可能这么说也对吧，毕竟路都是自己选的，但是这么对待一个一辈子都交付于他，甚至整个人依附着他的女人，未免太过残忍。

原本以为快到晚年，一辈子可以就这样平静地走到终点，老公却给她一个如此沉重的打击，把未来都改写的同时还决绝地否定她这么久以来的所有付出。她说忽然觉得好像自己这辈子都没有意义了，一生为之而活的东西到最后却变成一场空。

人这一生，只有经历，没有结果，只有过程，没有目的，所以我还是会坚持，结婚要为了爱情而结，这样才能保证心甘情愿地与另一个人共度一生，有感觉才能只专注于他一人，有感情才能在感觉磨没了之后保证两个人能继续往前走。而人生也要为了自己而活,无论做什么都记得是为自己而做,无论对方多么让你安定也不要寄生,始终保持直立行走,这样才能在将来没有感觉也没有感情,甚至遭遇背叛之后不怨天恨地,不否定自己的人生。

两个人 在一起，
是 一种选择

如果我爱你，而你正巧地也爱我，你头发乱了的时候，我会笑笑地替你拨一拨，然后，手还留恋在你的发上多待几秒。但是，如果我爱你，而你不巧地不爱我，你头发乱了，我会轻轻地告诉你，你头发乱了哦。这大概是纯粹的爱情观，比若相爱，便携手到老，比若错过，保护他安好。

——村上春树

朋友的女友嫁人了，跟一个几个月前相亲认识的男人。

她曾经对朋友说，如果家里安排相亲她都会去，如果没有合适的她会一直等他，但是如果有合适的，可能她就会抛弃他了。

后来她遇到一个家庭、工作、人都还不错的男生，而且双方家长也都很满意，于是就通知朋友说，她大概要跟那个人结婚了。朋友没有表现出任何情绪，只是轻描淡写地说了句："好啊，祝你幸福！"

朋友跟女朋友在一起三年，彼此感情很好，但后来朋友做生意失败，自己的一百多万赔得一分不剩，还欠了一百多万的债，原本两人计划着买房了结婚了，未来都计划出去了好几十年，可突然之间就什么都没了。

朋友说，当时并没有觉得损失这些钱有多心疼，只是忽然想到不能给女朋友自己承诺的幸福了，这种挫败感让自己好崩溃。

理所当然，女朋友的家人在知道朋友破产并且负债累累之后，原本的满意变成了担忧，他们知道朋友是个很有干劲的小伙子，也相信他将来一定会很有前途，可是让女儿跟一个除了一身债务一无所有的人在一起，他们还是不甘心，还是会担心女儿跟他在一起会吃苦。所以，女朋友的父亲果断站出来跟朋友谈判，劝说他们分手。

朋友对女朋友的爸妈承诺，他不会让女朋友陪自己一起吃苦，他会在最短的时间内把债还清，在最短的时间内买上房子和车，如果她愿意等，他不会让她等很久，如果她不愿意等，那他也干脆利落地放手。

女朋友的确等他了，等了一年，可是爸妈说她年纪不小了，这么等下去等到什么时候呢，于是她就顺应父母的安排去相亲，她并不是不爱他，只是她也怕这等待遥遥无期。

我问朋友怪她吗，怪她在他最困难的时候离他而去吗？怪她没有坚定地留在他身边陪他一起走出低谷吗？朋友只是一脸苦笑："要怪，就怪自己能力不够吧，豪言壮语地跟她许诺，三十岁之前给她房子给她安定的生活，最后却什么也给不了。我从来不介意女人现实，谁不想有钱过更好的生活呢？我又有什么权利要求她陪我吃苦？其实，一百万快还清了，可是我不能说让她继续等我，既然她遇到更合适的人，那我也只能放手祝她幸福。"

听他说出这样的话，我觉得自己肝胆俱裂。现实真的是一个好大的坑，多少情侣掉进去就没有爬出来。

我曾经无比相信喜宝说的那句话："最希望要的是爱，很多很多爱，如果没有爱，钱也是好的。"我以为在大多数人眼中爱都是首要的，只要爱足够多，就可以不顾风雨坚定地一起走。

而现在我开始明白，金钱、爱情这些都属于一个人的一部分。你之所以选择这个人，是因为他所具备的所有，包括外表、家庭、工作、经济、性格、人品，还有能给你的爱情，这些指标的综合评分达到了你的心理预期。但是在不同人心中，这些指标所占的比重不同，比如朋友的女朋友，在她心中可能爱情的比重有40%，而物质的比重则占了45%，那么朋友在物质这一项几乎已经零分了，虽然他有40%的爱情可以给她，却还是抵不过别人能给予的20%的爱情+35%的物质。

爱情至上的人是把所有指标中爱情的比重调到最高，爱情的分数不够多，其他条件再好，综合评分也还是很低，而那些喊着

"宁在宝马车上哭，不在自行车上笑"的人便是把物质这一项调到最高，只要经济条件不达标，那就是一个低分选手了。

很多姑娘问我，他对我很好但太穷了，我该跟他在一起吗？我很喜欢他，但个子比我还矮我该跟他在一起吗？

该不该在一起关键在于自己更在意什么，更能承受什么，在你的心中哪个指标的比重更高，什么是你在选择另一半时最不可缺少的。那些顺利找到另一半在我们面前秀恩爱的人，大概是因为懂得取舍。

有部电影《叫我第一名》，男主患有先天性妥瑞氏症，总是无法控制地扭动脖子还出怪声。我在现实中见过患有这种病的人，跟他在一起你会不停地受惊吓，因为不知道哪一刻他又会乱叫起来。电影里的男主也从小受尽歧视，但后来他遇到了一个如彩虹般的女孩，他很羞涩地问女孩："你一点也不介意我的妥瑞氏症，我发出的怪声吗？"女孩回答："跟别的男人比起来就没什么啦，他们吹牛，讲话超大声，自我中心，是一堆自大的白痴，你的怪声我就毫不介意了。"

因为对女孩来说，他同样也是一个如彩虹般绚烂的人，这种绚烂可以让那些缺陷在她眼中都变得不存在。

人家说，找另一半就像买鞋子，鞋子看起来很好看，但穿上脚却不一定适合你，有时你觉得那双鞋子不够惊艳，但却刚好让你觉得舒服。有时你以为没有理由地爱上了一个人，实际上你早就在潜意识里衡量了他的所有条件，爱需要理由所以你才不可能谁都爱。

那个对的人，并不一定是一百分的人，而是他所拥有的、能够给你的，刚好是你心中最为看重、最最期望的。

两个人在一起，是一种选择，选择你更在意的，选择你更能承受的。

婚姻 可以找，
爱情 只能等

我知道，市面上的好青年还有很多，一定有一个人，幽默而不做作，温柔而不咸湿，相貌不用多端庄，但随便一笑，便能击中我心房。——用黄小仙的话与众多没有找到另一半的姐妹们共勉。

我今年二十七岁啦，其实自我感觉，我还年轻，风华正茂、活泼、可爱、善良、美好，可是这所有一切都抵不过七大姑八大姨的一句：你该找个人结婚了。

从十几岁懂得了爱情开始，我就是一个爱情唯心派，始终觉得爱情不该是一种追出来的情感，不是一个人用鲜花礼物、白金黄金对另一个人狂轰滥炸出来的感情，应该是两个人内心中同时产生的，你对我好的同时其实我的内心也早已对你乐开花，这才是最最自然的爱情，那些追出来的感情，其实是顺从了内心的欲望，渴望被爱，渴望爱情，渴望有个人对自己好，所以就有了依赖，然后才对这个人点头。

水丁木说有的人的人生就像参加考试，总要一个一个地去完成任务，按照制定好的时间表来生活。其实，世间的人大部分都是如此，以为到了一个阶段就该做这样的事，我也曾想这样，以为只要把这些考试科目一一通过了，自己的人生才算圆满。二十六岁结婚，三十岁生宝宝，这是我从前给自己的人生规划，然而第一科我就挂科了。

在恋爱婚姻这个问题上，我深刻地体会到了，自古忠孝不能两全，忠是忠于自己的内心，孝是满足爹妈的期望。随着年龄的增长我也顺利地步入了相亲的行列，前前后后同事、同学、亲戚、邻居给介绍了也不下十来个了吧，每次媒人都会把对方夸得天花乱坠，房子多大，车子多好，工作多像样，家境怎样怎样，人品如何如何。可其实我在心里想，这些东西我并不想听，我只想知道跟这个人在一起时我是否能感觉到快乐，是否能有一种我愿意与他同生共死的感觉。

可能很多人会抨击我，才见第一面的人，怎么可能会有那种感觉。可是我想说，如果是合适的人，真的会有的，你会不会爱上这个人真的是一眼就能看出来的。当然也有很多人，是一开始彼此无感，但是慢慢相处下来发现了对方的好，然后有情人终成眷属的，可是那不是我想要的感情，我想要的是：怦然心动。

这大概有些理想化吧，但是这种感觉真的存在，我看过无数人在进入婚姻之后虽然生活得平淡幸福，内心却充满对爱情的遗憾和渴望，我现在还不想那样，等下去至少还有希望。这样固执的我，大概让爹妈急白了不知多少根头发，可是人生只有一次，我宁愿遗憾自己没有按时完成婚姻这个课题，也不要将来后悔，我没有给自己机会去实现爱情这个梦想。

我不是一个婚姻务实主义者，那些房子、车子、家庭、工作等是属于婚姻和生活的，然而我想遇到的是爱情，纯粹的爱情，只与这个人本身有关的，所以外在的东西即使拥有的再多再好，对我来说也不能给对方这个人本身多加半分。有人也许会笑我，二十七岁的人竟然还对爱情抱有如此天真的想法，你不懂我我不怪你，但我知道这个世上一定也有很多与我感同身受的人，和我一样固执地坚守着自己想要的东西，不肯对这个世界妥协。

第一季《超级演说家》里鲁豫作过一个演讲，主题是："还不错"和"就喜欢"。我是一个选择"就喜欢"的人，有时也会看着别人那"还不错"的生活羡慕不已，但是我又深知那不是我所追求的，我只能顺应自己的心，在"就喜欢"的路上一直等下去。

身边很多女孩子，是爱情唯心和婚姻务实的结合体，想要唯美的爱情又要一定的经济实力，她们想要爱情、生活双丰收，这样比起来，我就觉得其实我要的也并不是很多，我只想要爱情啊，因为生活我是可以通过自己的努力拥有的。

如果有一天爱情真的来了，我一定奋不顾身地飞奔过去，摔倒了我也不怕，被荆棘划得满身是伤我也不怕，跌进悬崖粉身碎骨我也不怕，我一定放下所有女生的矜持去争取，因为那是爱情啊，是我等了半生才终于等到的爱情，是我等到人生尽头等到绝望都不舍得放弃的爱情啊。

若是有一天我等不下去了，从爱情唯心者妥协变成一个婚姻务实者，那么我的选择也不会是倾向于经济实力，我会找一个好人，一个品德好、性格好的好人。因为如果老天爷不给我爱情，可能我等到死也等不到，但是如果要结婚要共度一生，那么身边的这个人即使不能给我爱情，但至少也要是一个能让我觉得开心的人，至少要是一个正直、坚强、有责任心，值得我欣赏并顶天立地的人。这样，没有爱情的遗憾或许可以被婚姻的温暖弥补一些吧。

　　人家说婚姻是一种过命的交情，因为一旦结婚两个人的命就绑到了一起，一荣俱荣，一损俱损了，所以若是没有深刻的爱情，又要结婚，好的品德要比经济实力还要重要得多。

　　最后分享一首很喜欢的席慕蓉的诗：

　　多希望你能看见现在的我

　　风霜还不曾来侵蚀

　　秋雨也未低落

　　青涩的季节又已离我远去

　　我已亭亭

　　不忧也不惧

如果爱，
请行动 并 坚持

我一天一天明白你的平凡，同时却一天一天愈更深切地爱你。你如照镜子，你不会看得见你特别好的所在，但你如果走进我的心里来，你就一定能知道自己是怎样好法。

——朱生豪

一

大二的时候，我遇到过一个喜欢我的男孩，个子不算高，但长得很白净，喜欢运动，学习用功，不打游戏，跟我一样经常泡图书馆，第一次见到他，我就认定这是个心地纯洁的男孩子。

所以，原本喜欢独来独往的自己，竟然也有了伴！

几乎有两个月的时间，我们的关系很亲密，一起吃饭，一起轧操场，一起在图书馆看书，周末到市里逛街看电影或者去游乐场坐摩天轮。

如果换到现在，大概我也会不自觉地想到"我们这样子，是不是可以恋爱了"，可是那时的我们都太懵懂，至少我是吧，只把这当作比一般朋友更深一点的友谊。

后来的某一天晚上，我们一如既往地在图书馆看书，他说看得有点累了，想去楼顶吹吹风，我就陪他一起去。

我们坐在图书馆顶楼的楼梯口，风呼呼地吹过来，他很自觉地把外套脱下来披在我身上。

两个人都不说话静静地坐了许久，然后，他似乎有点紧张但又故作轻松地问我："你想过恋爱吗？"

我心无城府地坦白回答："没有啊，从来也没想过。"

他呵呵地笑了："那么，这两个月来你都没有觉得我喜欢你吗？"

我当时像个白痴一样，依然不假思索地说："没有啊，怎么可能往那方面想啊。"

他又笑了，带着满满的尴尬和无奈。

我忽然意识到自己大概说错了话，试探地反问他："难道……你喜欢我？"

他没有看我，只是用力地点了点头："从一开始认识就喜欢啊，可是又觉得你那么单纯大概还不想恋爱吧，本来真的想就这么做朋友什么都不说了，可是今天……今天不知道怎么的，就忽然想说了。"

接着，他又陷入了沉默，像是在为自己将要说的话积蓄勇气。

后来他抬起头，眼睛注视着我，一字一顿地说："现在……你……可以跟我恋爱吗？"

我被这个问题吓到了，连忙摆手："不行，不行，我还不想谈恋爱，我们这样做朋友不是挺好的吗？"

现在想起，当时我的那句话一定让他很难过吧，准备了两个月才终于有勇气表白，表白之后对方却不留一点余地地拒绝了。

从那以后，他便开始躲避我，每次找他，他给我的回答都是没时间、功课忙，好像见都不想见我了。我那时不但不懂，几乎还有点生气："哪有这样子的，不能谈恋爱，朋友也不跟我做了吗！"

再后来，我也开始赌气，你不理我，我也不理你，然后我们彻底断了联系，就好像生命中从来没有出现过这么个人一样。

直到毕业几年以后，朋友们建了微信群，我们才又联系上。当时他已经有了女朋友，我也还没有失恋，我们终于可以平静地谈起从前。

我说："其实那时候，我可能是喜欢你的，如果我想恋爱第一个选的就会是你，只是我还没有恋爱的概念，而你又撤退得那么快，刚说完喜欢我我还没来得及考虑，你就跟我绝交了。"

他说："因为被拒绝真的很伤自尊啊，我怕如果继续死缠烂打你会瞧不起我，所以就要先发制人，以高傲的姿态离开。"

年轻，就是这么傻气吧，明明已经喜欢了却懵懂地不自知，明明再坚持一下也许就柳暗花明，却为了自尊逼自己咬着牙也要放弃。

可其实，到现在，我的心里还是固执地认定当初是他抛弃了我，因为他压根没有给我机会去爱上他。

二

有个男生找我倾诉，他说："我很喜欢一个女生，可是不知道该怎么追她，送花、送礼物这些都太不实际，像别的男生那样每天给女生送早点、接她下课我又觉得不好意思，约她逛街看电影怕她拒绝，经常找她聊天又怕她会觉得烦。"

我问他："那么，你是真的很喜欢她吗？不是自己想恋爱了才随便追一个人吧？"他说："当然不是，是真的很喜欢，所以才不敢随便行动！"

我说："那就把那些不实际、不好意思、怕她拒绝的事通通都做了，而且就算她无动于衷，也要坚持。"

他说："那她要是不喜欢我，做得越多不是越招她烦吗？"

我说："你都没做，怎么知道她会烦还是开心呢？如果畏畏缩缩什么都不敢做，那就永远都没有希望。"

男生和女生的思维差异是很大的，男生喜欢直接，讲究效率，女生却喜欢迂回，因为她要在这种迂回里去感受真心的分量。

男生以为自己是真心喜欢着女生，可如果不行动让她拿什么感受真心啊！不是女生难追，不是她骄傲或者矜持，只是她需要用实际行动来证明你的喜欢，也需要时间让自己跨出恋爱那一步。

三

很多人觉得，我一直不恋爱就是自己眼光高，可其实根本不是那样，我从来没有把将来的伴侣定位得多高大上，但是我需要，他能用行动打动我。

朋友说："年龄越大就越难被打动，因为你会站得更高，一般男生追女孩子的手段对你都会不适用。"我说："并不是啊，我永远受用'小男生追小女生'的方式，一封用心写的情书，一份用心挑选的礼物，或者在我需要的时候的陪伴，这些都很简单，但是现在的人却可能最不稀罕做。"

我曾经跟一个人开玩笑："你如果能每天都给我发5.2元的红包，坚持一整年，那我就考虑做你女朋友。"结果他说："每天5.2元，一年下来也不过一千多块钱啊，那我一次性打给你就好了啊。"

你看，这就是区别。

有些女生就是把恋爱看得很神圣很慎重，不敢轻易尝试，因为对她们而言，恋爱几乎就意味着一辈子，所以哪怕面对自己喜欢的人，也希望能多一点时间彼此了解。

我经常在想，如果当初的那个男生，哪怕再给我一个月的时间，或许结果都会变得不一样。

如果真的遇到了喜欢的人，请你勇敢地行动，不要讲究那么多矜持、尊严和骄傲，只有豁得出去，你想要的才会属于你。

如果真的想在一起，也请多给喜欢的人一点时间，让她能对你打开自己。

当然啦，爱不是一个人的事，需要双方共同的努力和坚持，女生面对喜欢的人，除了等待对方行动，也要学会主动回应，给予他适当的鼓励和信心，让他拥有坚持下去的勇气。

女朋友 为什么 不再 陪你吃苦

这次我离开你，是风，是雨，是夜晚；你笑了笑，我摆一摆手，一条寂寞的路便展向两头了。

——郑愁予《赋别》

认识一个叫桃子的姑娘，长得傻白甜，性格单纯乖巧，做事认真努力，是个十足的好姑娘。

桃子几年前上大学时谈了一场恋爱（虽然桃子自己都说不清爱他什么，可年轻姑娘的爱情本就是盲目的），男朋友家境很不好，但上学时谁能顾虑到现实问题呢，而且桃子是绝对的爱情至上，她那时天真地以为，只要两个人相爱，就可以天不怕地不怕了。

大学毕业后桃子跟男朋友一起去了北京，两个人租了一个筒子楼的单间，冬天冷得水结冰，夏天热得似火炉的那种，开始了桃子以为的浪漫、温馨、甜蜜的同居生活。

桃子爸妈对这段恋情非常反对，一方面是桃子家与男朋友家跨越两个省，距离太远，爸妈舍不得桃子，另一方面是男友家太穷，且男友的个性不够稳重成熟，爸妈不相信他将来能给桃子幸福的生活。

可是桃子被自己的爱情梦冲昏了头，一心觉得既然爱了就要努力一起走下去，不能轻易放弃。她瞧不起那些仅仅因为距离、因为穷就放弃爱情的人，更不愿意自己的爱情被现实打败。虽然她也不想忤逆爸妈的意愿，但是她相信，爸妈担心的无非就是经济和她的幸福，她要努力工作挣钱，幸福给爸妈看。

桃子是爸妈的独生女，家里经济条件也算得上小康，从小受惯了娇宠，但是为了保护这份爱情，她真的做了很多努力。因为刚毕业，没什么经验和过人之处，她跟男朋友每人的工资不过三千出头，为了节约开销，她断绝了自己最爱吃的零食和甜点，买衣服也不再买名牌，缺衣服穿的时候就拉着男朋友去北京动物园海淘，原本花钱大手大脚后来也变得精打细算，之前二十多年都没学会砍价，现在竟神奇地成了砍价高手。

那时候的她真的可以为爱情不顾一切，就算辛苦，但因为爱着便觉得值了，只是有时爸妈打电话逼她分手，她就会觉得压力很大，跟男朋友倾诉，也并不是要给男朋友压力，只是希望男朋友能懂她安慰她，对她说一句："不要怕，有我呢，你不是一个人。"可是男朋友永远都给她一个不屑、鄙视的眼神，说一句："你们家人真现实，不就是嫌我穷吗？！"

是的，男友不懂，他只觉得桃子父母的反对是现实，是拜金，他讨厌桃子父母，也从来没有努力过去讨他们的欢心，因为他有他的骄傲，桃子父母的反对就是对他的否定，既然否定他，那么他为什么要委屈讨好呢。可是他却没有想过，他的不作为把桃子一个人夹在中间，承受着双重挤压。

桃子跟男朋友都是很普通的本科毕业，在人才济济的北京真的太平凡了，但桃子从来没中断学习，没有钱报培训班，就上网找教程自学新技能，每天都在看书、补充能量，虽然依然没有在工资上有多大提升，但至少她在认真生活，为明天奋斗着，她希望男朋友也能勤奋上进，于是，就鼓励他下班后跟自己一起学习，不指望他一步登天，但一点点积累，未来就会让人觉得有希望。可男朋友年轻气盛，没有意识到现实的严峻，他沉迷于网络游戏，除了工作之外，几乎所有时间都花在游戏上。

男人是比女人更晚熟的，每次桃子干涉，他就恼怒地对她说："你能不能不管我，跟你谈恋爱我连玩游戏的自由都没有了吗？！"

是的，他只觉得桃子在控制他的人生，却不会体谅桃子内心的煎熬，他希望随性地做自己，却没有想到自己还担负着桃子的未来，的确，没有人有权利以恋爱的名义改造另一个人，但是也不要忘了，从确定恋爱关系起你对另一个人就是负有责任的，只考虑自己，从来不懂顾虑对方感受的人是不配恋爱的。

桃子与男朋友这样生活了两年，她对这份爱情的热情就在这两年中被一点点消耗，她的奋不顾身的勇气也一点点地变弱，男朋友仿佛永远都不会成熟，他们之间的距离越来越远，两个人经常为了生活琐事争吵。

每次与男朋友发生矛盾桃子都强烈地感觉到一种无力感，对这份爱情，还有他们的未来的无能为力。她觉得自己越来越没有力气对抗这现实了，不只因为现实的艰难，更因为她觉得自己是在孤军奋战。

两个人在一起，最重要的是同舟共济，一个向左一个向右只会越走越远。

桃子在不熟悉的人面前很放不开，而男朋友一到熟悉的朋友面前就旁若无人，忘了自己的女朋友，所以，每次桃子陪男朋友参加聚会，看着他和一群人把酒言欢，总觉得自己是个局外人，感到深深的孤独。

后来，一次与男朋友参加他的公司聚会，同事们起哄让桃子唱首歌，但桃子实在太羞涩了，委婉地拒绝，扫了同事们的兴。男朋友当场就沉下了脸，对桃子不理不睬。

聚会完毕回家的路上，男朋友发作了，对桃子吼道："你就不能对我的朋友们热情点吗？平时不是挺爱说爱唱的吗？一到我朋友面前就扭扭捏捏的，这样让我很丢脸你知道吗？"

他没有考虑到自己女朋友本身的性格，只希望女朋友能够开朗大方，能让他在人前觉得有面子，而她所有的羞涩仿佛都成了故意为之，让他觉得难堪而恼怒。

爱情是消耗品，当一个人心中的爱被消耗尽的时候，再轻微的一根稻草也足以将这段感情压垮。

桃子没有辩驳，她厌倦了争吵，只是说了句："我觉得我们真的不合适了，是不是应该分手？"

桃子终于相信这份感情不值得自己再坚持了，男朋友开始以为她只是赌气，便说她幼稚，竟然动不动就拿分手威胁，而在明白了桃子的认真之后，便又道歉求原谅，大概他还以为，他们这么多年的感情不可能说分就分，只要哄一哄桃子，她就会再回心转意。

可是，女人虽然心软但也只对自己还爱着的人，当她对一份感情已经死心绝望之后，再多的挽回、讨好都变得没有意义了。

桃子离开出租屋的时候，把两个人的所有积蓄都留给了男朋友，她"净身出户"，决定一切从头开始。

当朋友们知道桃子分手的消息之后，纷纷来问她原因，她没有过多解释，只对所有人说："我们不合适。"然而，男朋友却跟朋友说，是桃子爸妈嫌他穷，逼桃子跟他分手了，是桃子不愿意陪他一起吃苦所以放弃了，他觉得他们的爱情还是败给了"金钱"二字。

的确，金钱是分手的直接原因，如果男朋友有钱，也许爸妈不会强烈反对，桃子不会那么辛苦，也不会对男朋友有那么多干涉，两个人在一起的未来也不会那么让人绝望。

但是除了直接原因，分手的根本因素是什么？如果男朋友能懂得桃子的无奈，能理解桃子父母的反对，用心去讨她的父母欢心，努力工作、上进，多一些体贴，让桃子感觉到他们一起的未来有希望，结果还会是这样吗？

也许象牙塔里的爱情，有风花雪月就够了，但毕业工作后，两个人更多面对的，是生活和责任。真正打败这份爱情的不是金钱，是男朋友的不努力和不够爱，消磨这份爱情的不只是生活，还有两个人不同的追求与性格。

永远不要低估一个姑娘为了爱情奋不顾身的勇气，关键在于你必须是一个配得上这份爱情的人。

很多穷小子在被分手之后，都会习惯性地以为对方是因为他没钱所以嫌弃，可其实根本原因是他的综合评分达不到对方的心理预期。比如桃子的男朋友，穷、没有同理心、不上进、不够体贴，这些都拉低了他在桃子心目中的评分值。

有钱，的确是一个人的加分项，谁不想过更好的生活呢，但没钱也并不是绝对的劣势，关键在于你要有爱！

如果一个人没有钱，又不够爱，那么姑娘还坚持什么呢？

虽然很多人都信誓旦旦地说：宁可在宝马车上哭也不在自行车上笑。但这其实是一个伪命题，因为每个人的选择都是自己当前环境下的最优解。如果一个女人选择了在宝马车上哭，那就说明她在自行车上会哭得更惨，不一定因为她拜金，而是给予她自行车的那个人综合评分盖不过给予她宝马车的人。

"贫贱夫妻百事哀"，如果你还是个穷小子，希望你多努力一些，努力挣钱，努力生活，努力去爱，不是为了用钱去打动姑娘，而是为了让你自己成为一个勤奋上进、综合评分更高的好少年，为了让那个愿意陪你吃苦的姑娘可以少一分辛苦，能够看到生活的希望，为了让你们的爱少受一点生活的消磨。

如果一个姑娘敢于用自己的大好青春陪你拼一个未来，请不要认为那是理所当然，请用更多的爱去呵护她的那份勇敢。

男人对女人　最大的责任
是　给她希望

　　微信群里有人发了一段话：男人找女人也是托付一生！明明应该是两人一起面对的关键时刻，一起挑起责任的时刻，女人撤退了！而且说撤就撤！比要和你在一起时的决心都大！

　　我知道，这或许也是一个受了女人伤的男人说的，但是我却忍不住想回一句：一个女人从义无反顾地要跟男人在一起，到后来决绝地离开，这中间相隔的是什么？

　　是千万次的忍耐与绝望！

　　两个人在一起，除了感情之外，还要给彼此希望，决定是否能一直走下去的，就是这希望能不能一直持续，若是最后这点希望都没有了，那么再坚固的爱情，也会被摧垮了！

一个人的孤独或许还可以承受，但两个人的绝望没人能受得住！

一

晓静给我打电话说："我想离婚了。"

我问她："你们又吵架了吗？"

她说："不是单纯的吵架，他骂我现在像个疯婆子，我也觉得我都不再是我了，再这么过下去我这辈子就完了，我看不到一点希望，我快累死了……"

说着，她就泣不成声了。

而我，完全想不出半句安慰的话。

晓静与老公之间的问题不是一天两天了，以前她吵架之后给我打电话，我会安慰说："你们在一起那么久了，他的脾气你都清楚，就不要跟他生气了。"但后来我慢慢发现，他们之间的问题不是一句忍让或者原谅就可以过去的，他们之间缺少的，是一起生活下去的希望。

二

毫不夸张地说，晓静是我见过，最漂亮、最善良、最温柔、最好脾气的姑娘，我甚至一度把她当作我的偶像，因为她对谁都好，永远笑脸示人，而且人见人爱！

晓静跟老公是相亲认识的，她哪里都好，但有一个致命的缺点：没主见！她对老公原本无意，但家人说："你都二十多了，村里二十出头的姑娘都订婚、结婚了。"媒人说："小伙子挺好的，家里条件也不错，你们是多好的一对啊。"再加上老公对她一见钟情，死缠烂打追了半年，她也感觉这男人对自己确实挺好的，于是就答应在一起了。

恋爱半年之后两个人结婚了，晓静跟老公说："我们家没什么钱，我不会跟我爸妈要嫁妆，你爸妈挣钱也不容易，我也不会要多高的聘礼。"于是，婆家给了晓静一万块钱就算聘礼了，而晓静又用这些钱全部买了家电带回了婆家。

结婚之前她跟我说："逛街的时候，看好一条红裙子，好想买了结婚那天穿，可竟然要一千多块，他要给我买，但我想了想还是没舍得。"我当时觉得，这女人傻啊，结婚不就那一次吗，平时省吃俭用，结婚了还不能厚待自己一回吗，何况又不是花自己的钱。

可是我又明白，她一向就是这样，什么都替别人着想，越是花别人的钱她才越舍不得。

结婚那天，是我第一次见到她老公，个子不高，瘦瘦的，不善言谈，像个腼腆的少年，但明显能看出来他对晓静是真心的喜欢。的确，如此善良温柔懂事的姑娘，谁能不喜欢呢。

那时候，我天真地以为，晓静以后的生活都会像结婚这天一样幸福，老公爱她，公婆爱她，将来再有个可爱的宝宝，那么这一生也就别无他求了。

三

结婚的头两年，晓静与老公的确恩爱和睦，他们生了一个帅帅的男娃，一家三口的衣食住行都由公婆包办。老公在自家工厂里上班，高兴了就去厂里看看，不高兴了就可以在家陪老婆孩子，所以那两年对于他们来说，是没有生活的压力的。虽然晓静总劝老公，即便自家工厂也要努力好好干，可老公从来不放心上，好像他有命可以养尊处优一辈子似的。

两年后，老公家的工厂意外倒闭了，公婆再无力负担他们三口人的生活开销。晓静果断地把儿子交给了婆婆，准备与老公一起工作养家。她知道生活不易，所以不想把重担压在老公一个人身上，她要帮他分担。那时的她傻傻地以为，即便工厂倒闭了，只要两个人一起工作，努力挣钱，这日子还是可以过得很好的。

晓静在朋友的推荐下，去了镇上的拔丝厂上班，那里工资高，但很辛苦，每天工作十二三个小时，而且劳动强度严重超负荷，可晓静说，她不怕苦，只想趁年轻多挣些钱。

我很早知道那份工作的辛苦，但直到一个月后见到她我才真的有了概念。一个月的时间，她竟变得我差点认不出来了，原本白白净净的脸庞，变得灰暗蜡黄，原本一百二十斤的体重竟减到了一百零几斤，而且因为干活不熟练，她的手上、胳膊上到处是烫伤的痕迹。

看到她那个样子，我心疼得忍不住哭了，而她却毫不在乎地说："没什么啦，干的时间长了就不会这样了，你知道吗，我这个月发了五千多的工资啊，比很多老同事还多。"

我问她："你老公呢？他现在做什么？"她忽然低下头，很不好意思地说："他还在找工作呢。"我说："怎么没让他跟你一起做这个啊？工资这么高，干几个月攒点钱就可以做点小买卖了。"可是她说："他吃不了这个苦，之前干了几天他说太累了，而且这工作要黑白班倒，他熬不了夜。"

我当时听得真是生气，女人都吃得了的苦，男人却吃不了吗？

四

有些人的性格劣势，不面对现实问题是显现不出来的。在优渥的环境中你以为他会是一个英雄，可当苦难来临时，你却发现他只是一个懦夫。

晓静的老公就是这样一个人，家庭条件好的时候，他可以说是一个对老婆百般体贴的好男人，而现在要独自面对生活了，他就成了一个成年的"婴儿"，没有责任心，吃不了苦，甚至于看不到自己老婆的死活了。

晓静在那个工厂工作了半年，老公就找工作找了半年，也不是一天班都没上，只是他做什么都不行，找到一个工作，被老板训两句，他就觉得伤自尊了，顾客凶一点，他就说不伺候了。辛苦的工作他干不了，挣钱少的他又看不上。

后来他跟晓静说，有个哥们儿要去新疆做生意，想喊他一起，晓静知道自己老公不是那块料儿，就跟他苦口婆心地解释："跑那么远，你又不了解这行业，而且我们手里哪有钱做生意啊。"老公不但不听劝还跟她嚷："你那么不相信我吗？别人去了半年都挣了十几万回来了，你给我一万块钱，挣不了钱我不回家。"

晓静拗不过老公，就豁出去给了他一万两千块钱让他去折腾，多给的两千块是希望他在外边少吃点苦。结果，不出所料，两个月后老公回来了，一万两千块赔完了不说，路费还是跟哥们儿借的。晓静没有苛责老公，她说就当给他一个教训吧，让他有点自知之明，也许以后就能踏实了。

可是，现实又一次告诉她，她太天真了。老公一如既往地三天打鱼两天晒网，甚至有很多天他都不去找工作了，每天在家守着电脑打游戏。即便这样，晓静依然没有怪他，她知道老公心里也苦，他并不是故意不好好过日子，只是他真的没有能力。

于是她跟老公商量："要不，咱花点钱，你去学点什么吧。"

她觉得老公喜欢电脑，就给他报了一个电脑维修培训班，可是报名费花了，老公却吊儿郎当不去上课，说自己听不懂老师讲的是什么。

五

一个人最大的失败，不是穷，而是你不但给不了自己希望，还消耗着别人的希望。

结婚之前，晓静的妈妈跟她说："夫妻和睦与否都在相处，吵架不要紧，别往心里去，穷也不要紧，自己勤俭一点，只要两个人劲儿往一处使，这样日子就有奔头。"

而现在晓静与老公的日子却分明只有她一个人在使劲，她看着儿子一天天长大，生活的压力一点点变大，而老公却一直不长进，她对老公的所有鼓励、所有苦口婆心全都无济于事。

她开始觉得生活苦了，每当老公又辞掉了仅干了个把月的工作，她就觉得自己的心又被捅了一刀，现实又给了她狠狠的一个巴掌。她原本对未来的所有美好幻想都变成了对老公的失望和对现实的恐惧。慢慢地，她变了，不再那么爱笑，对老公的容忍度越来越差，最后竟也学会了对他发脾气，甚至恶言相向。

老公说她："你怎么变成现在这样了，原来的温柔都哪儿去了？"可是他知道吗？温柔只能给懂得的人，她的温柔已经全被他消耗掉。

他说晓静变得像个疯婆子了，可是他想过没，如果生活能够把一个善良的人变得邪恶，把一个温柔的人变得暴躁，那么只能说她经历了太多不改变便不能再承受的苦痛，是现实推着她一点点改变，而这现实就恰恰与你有关啊！

他还说晓静眼里只有钱了，是的，她真的是拼了命地在挣钱，工作那么辛苦她一天不敢耽误，累得浑身酸痛她也要坚持去上班，她总说一句话："请一天假就要扣好几百啊。"可这是她希望的吗？她是没有办法啊，她还有儿子，你可以不挣钱但她不能不养儿子啊！

六

这些年，很多人都在劝晓静离婚，可她一直念着旧情，又舍不得孩子，总想再多给他一些时间，以为慢慢地他会知道努力，会懂得承担责任，可现在五年过去了，他已经三十岁了，却还是没有丝毫改变。

而晓静就在这几年中，从一个傻白甜、终日满脸笑容的快乐少女，变成了整日愁眉不展的黄脸婆。

有人或许会说，是这女人自己蠢啊，这样的男人竟然还守五年，对呀，她是蠢呀、傻呀、笨呀，如果她早一点决绝地离开，自己不用吃这么多苦，也不用搭进去这么多年的青春。

好姑娘真的很多，可是好姑娘总是碰不到好人，她们一味地让步以为对方会懂得，会珍惜，可换来的却是对方的心安理得和得寸进尺：你不跟我要聘礼，那我跟你要嫁妆吧；你不指望我养你，那你来养家吧；你不怕跟我吃苦，那就陪我吃一辈子苦吧……

好姑娘再好，承受力也是有限的。

一个男人，最大的责任，首要的责任，是努力，努力给义无反顾跟自己共度一生的姑娘以生活的希望……

七

我现在似乎越来越明白，为什么有些男人宁愿牺牲陪伴爱人的时间也要去努力挣钱，因为他们相信，一个男人对女人的爱，首先就是努力让她过好日子。而有的男人，却只会用几句甜言蜜语、几句信誓旦旦的空话，就指望女人能陪他苦一辈子。

你可以穷，但不能穷得理所当然！有句话叫：莫欺少年穷。但那也是因为少年有志向，少年在努力！

回到文章开头的那段话：明明应该是两人一起面对的关键时刻，一起挑起责任的时刻，女人撤退了！

我可以陪你承担一时的苦，但你不要以为我就应该苦一辈子；我可以与你一起分担家庭的重担，可你不能永远把更重的一部分丢给我啊！

如果晓静真的与老公离婚了，不会有人说她寡情薄义，只会有人为她庆幸，庆幸她终于决心离开一个不能给自己希望的人。

另外，如果你有幸遇到一个像晓静这样的好姑娘，请一定别让她心寒，别让她对未来绝望。如果她懂事地百般付出和忍让，请一定珍惜她的善良，不要认为那是理所当然。

她要的不是有多少钱，只是两个人的共同努力，因为只有努力才能让生活有希望！

要嫁，

就 嫁给幸福

有人住高楼，有人在深沟。有人光万丈，有人一身锈。世人万千种，浮云莫去求。斯人若彩虹，遇上方知有。

——《怦然心动》

一

花姐是我在石家庄的同事，出了名的剩女，二十八九岁了从没谈过恋爱，相亲不下五十次，没有一次合她心意，而她又是一个恋爱结婚狂，每认识一个人就会对人家说："有合适的男生记得给我介绍啊。"

花姐自身条件在姑娘里只能算一般，一米六的身高，微胖，眼睛小得眯成一条缝，不过皮肤很白，性格嘛绝对是传说中的女汉子了，独立、强势，关键是力气还特别大，就算平时跟人打招呼，轻轻拍一下肩膀都能把别人拍得惨叫不止。

花姐爸妈为她的婚姻问题急得火烧眉毛，几乎日日催她："小花呀，眼看着你就三十岁了，相亲也相了几十次，那些小伙子我们看着都不错，你怎么就看不上呢？"

给花姐介绍男朋友的媒人对花姐也很无语，背地里议论："她条件也没有多好，还要求那么多，比自己小的不要，一米七五以下的不要，没有房子的不要，外省的不要，就算这些条件都满足了，她又挑剔人太小气了，长得太丑了，太不会说话了……总之啊，感觉她都不是在相亲，是在给别人挑毛病，在别人眼里多像样的人到她那里都能说出点缺点来。"

朋友们也苦口婆心地劝她："花花，别那么挑剔了，世界上没有完美的男人，都是有了这个优点就少不了那个缺点，选个还行的先处着呗，说不好就日久生情了呢。"

花姐心里知道，他们说得都没错，自己要求是多，年龄也确实不小了，理想中的好男人可能真的不存在，但她就是没办法勉强自己啊。有些男人，一眼看过去就知道绝对不可能喜欢，所以只能找一些乱七八糟的理由拒绝。她心里也很着急，但只要一想到跟一个自己不喜欢的男人谈恋爱，那感觉就跟吃苍蝇一样让人反胃。

爱情，可遇而不可求，她能做的只有想尽一切办法努力遇见更多人，却不能勉强自己去爱某一个人。

二

花姐也时常对未来失去希望，她总说好像自己这辈子真的要孤老了。然而，缘分这东西，谁知道哪一刻它就像天上的馅饼似的砸到了自己头上呢。

今年5月，我刚到深圳不久，花姐突然打电话跟我说，她恋爱了。这个突如其来的消息，着实让我又惊讶又好奇：花姐那么挑剔，是哪个会"七十二变"的男人把她降伏了啊。

我调侃花姐："终于遇到你的孙悟空啦！是何方神圣，我见过没？"

花姐有点不好意思地说："见过，是强子。"

"天哪，你看上的竟然是强子！！"

我惊得差点把手机扔了，强子哪里算得上是孙悟空啊，顶多也就是个沙和尚……他是我们公司的设计师，比花姐小两岁，工资还没有花姐的一半多，身高绝不到一米七五，这些条件明明连花姐的基本择偶标准都没达到，而且强子性格腼腆甚至于是木讷，他竟然能把挑剔的花姐搞定，我脑子里打出了一万个问号！

"花姐啊，你是不是扛不住压力就随便将就了啊，强子还没有你那些相亲对象条件好呢。"

花姐哈哈地笑了："如果要将就，就不会等到三十岁了！你知道吗？当你真正喜欢一个人的时候，你就发现以前那些所谓的标准其实都是狗屁！从前的所有拒绝不是因为他们条件不好，而是给不了我想要的。"

我好奇地问："那你想要的是什么？强子就给得了了？"

她回答："是，我以前以为我要的是一个优秀的人，一份浪漫的爱情，现在才知道，我要的是一个人的疼爱和踏踏实实的安全感。"

接着，花姐又对我讲了很多他们在一起的小事，每一件都那么平常，比如：花姐在公司给饮水机换水，强子总强制性地代劳，他说："有男人在这种事不需要女孩子做。"花姐是工作狂，每每加班到深夜，强子就不声不响地陪着，他说："我知道你不怕，可是我不放心。"花姐发现强子把银行卡密码设成了她的生日，她笑话他竟然做这么无聊的事，可强子说："以前你说过，自己都不能把生日设成密码，那我就替你设好了。"花姐曾问过他，为什么喜欢自己，强子吞吞吐吐地回答："不知道，就是很想护着你，看你那么逞强觉得心疼。"

花姐说，她听到"心疼"二字，心脏忽然莫名其妙地扑通扑通狂跳起来，脸也涨得滚烫。她一个人坚强、独立惯了，总以为自己不需要男人的照顾，可原来，别人的"心疼"才是自己的软肋。

也许崇拜、欣赏、喜欢都不一定是真爱，可"心疼"却一定是，因为前者是大脑的活动，后者是心脏的"非条件反射"！

三

人家说，女人是没有爱情的，谁对她好她就跟谁走。可是有的人的好是浮夸的，而强子对花姐的好却是平平淡淡又实实在在的。

强子对花姐的表白也很傻气，不是"你可以做我女朋友吗"，而是"你愿意跟我回家吗"。花姐说，她以前一想到结婚要跟一个人过一辈子就觉得漫长而恐怖，可强子的那句话，却让她激动得掉下了眼泪，她巴不得马上跟他结婚，虽然一辈子依然漫长，可她看到的却是满满的希望。

花姐说，以前也曾无数次怀疑，自己这么固执地坚持，究竟有没有意义，坚持到最后究竟会得来什么。现在，她终于有了答案。

每个人对伴侣和婚姻的需求是不同的，有的人结婚是为了摆脱一个人的生活，有的人则是想有个老公养活自己，而她呢，她是传说中的，饭可以自己做，衣服可以自己洗，灯泡可以自己换，钱也可以自己挣的女强人，她对男朋友的要求，除了爱，没有别的了！

何以琛宁愿孤独也不愿将就，是因为只有赵默笙能给他他想要的阳光！

花姐宁愿承受逼婚的压力和身边人的非议，也不要随便结婚，是因为只有爱才是她想要的，否则婚姻于她便没有意义！

四

现实中有太多与花姐一样，用最后一滴血坚守在单身阵营，固执地等待属于自己的缘分与爱情的人。也许逼婚的压力，生活的辛苦，还有单身的孤独，都会让人无数次设想：是不是应该将就一下，是不是应该妥协了。

可是，结婚从来都不是目的，它应该是通往幸福的手段，如果你要结婚，至少得保证这婚姻中有你想要的东西。

当你怀疑自己是不是应该将就的时候，先问问自己，"将就"之后的生活中，有没有你以为的幸福……

花姐等到三十岁，虽然曾被四面八方的压力和对未来的担忧堵得喘不过气，可当真爱来的时候，她还是觉得过去的一切都值了。

是的，总会有一个人出现，让你原谅之前生活对自己所有的刁难。即便他没有"七彩祥云"，在你眼里却同样的光芒万丈。

只要最后等来的是自己想要的，就算晚了很久，也会让你觉得它比选择将就要幸福千万倍！

汪国真说过"要输就输给追求，要嫁就嫁给幸福"，结婚的意义应该是：它能给予我们想要的幸福！

第四章

爱 自己，
也要爱别人

做自己本来就该做的事，

奉行不言的准则，

任凭万物自行其是不加指责。

也就是：走自己的路，

让别人去说吧，让别人走别人的路，

自己不胡乱指责和干涉……

自卑 是一种
怎样的 体验

是不是人人都如此？我年轻时总感到自己一会儿信心十
足，一会儿又自信丧尽。我想象自己完全无能，毫无魅
力，没有价值。同时我又觉得天生我才，并且可以计日程
功。在我充满自信时，我连最大的困难也能克服，但哪怕
一次最微不足道的失误，也叫我确信自己仍旧一无是处。

——本哈德·施林克《朗读者》

我是一个习惯低头走路的人，一直都没学会要怎么昂首挺胸。

一

读小学的时候，因为成绩好，又在第一排，所以很受老师喜
欢，经常帮她做一些跑腿的事，比如没有粉笔了去办公室拿粉
笔，该交作业了帮她收作业，对于小学生而言，能帮老师做事那
是何等的荣宠。

同学们都羡慕我被老师喜欢着，可我却总是有种深深的担
忧，因为越是被喜欢便越怕自己不够好，越是被信任，就越担心

失去这份信任。

二年级的时候，有一次课上，老师的钢笔没有墨水了，她不假思索地把钢笔递给了我，说："你去办公室帮我给钢笔打下墨水。"

老师交代的每一项任务都是神圣的！我像接圣旨一样接过她的钢笔，可却突然意识到，我压根不知道怎么操作，毕竟小学二年级的孩子用的是铅笔啊。

但我还是拿着钢笔一溜烟跑出了教室，因为我不能对老师说实话，那样她会觉得我笨，会瞧不起我，会不喜欢我，会以后都不再用我，我可能还会被同学们笑话：连墨水都不会打，简直笨死了，哈哈哈哈……不行，无论如何都不能让别人知道我不会！

可很多事情都是欲盖弥彰的，越怕被别人知道自己的短处，却往往越要闹笑话。

我跑到办公室，足足折腾了十分钟，钢笔没打满，反而弄得自己满手满身的墨水，越是打不进去就越急，心里越是害怕。而办公室的老师们看到我笨拙的样子，竟然集体哈哈大笑了起来，我本来已经急得快哭了，被他们一笑眼泪就哗哗地落下来了。

孩子的世界太小了，任何一点微不足道的小事在他们心里都足以掀起惊涛骇浪。

对于老师们而言也许只是一桩笑谈，但于我却是自尊心受到了严重的伤害。虽然后来另一个班级的老师帮我给钢笔打满了墨水，送我回教室，可我心里知道完了，我再也不是老师眼里的好学生，我这么笨，老师不会再喜欢我了。

二

初中的时候成绩一直都不错，基本保持在班级前三，全校前二十，但我从未真的在心里认可过自己是成绩好的学生。

每次考完试都怀疑自己：这次一定考砸了，搞不好会倒数！

自卑是一种什么样的体验？

就是，当周围的人都认为你行的时候，你却真真切切地感觉到自己不行，当别人都夸赞你很优秀的时候，你却永远觉得那是别人不了解真实的你。

直到现在，我都深深地相信，我所有被别人称道的成就，全部都是侥幸，就像一只瞎猫不断地遇上死耗子，好运都被我赶上了。

初二那年的期中考试，我再一次觉得自己考得史无前例地差，同桌问我："考得怎么样，这次能不能拿第一？"我垂头丧气地对他说："想都别想，这次大概全校前五十都进不去了。"
他撇了撇嘴说："你每次都这么说，还不是每次都考得很好。"
我懒得跟他争辩，反正成绩出来他就明白了。

我知道，学生时期大家都讨厌这种人，明明每次考试都考得不错，却每次考完都对所有人说考砸了。也许，的确有人是故意隐瞒，也有人是对自己要求更高，但我这种却是真的心里没底，真的以为自己考得差啊。

到学校公布成绩的那天，同桌拉着我一起跑到学校大厅看成绩榜，因为自知考得不好便从五十名往前看，直到看到第二十名都没有我的名字，我绝望了，果然不出所料，这次真的完了，然而我却听到同桌尖叫了起来："你考了第三哎，全校第三！"

我顺着他手指的位置看过去，竟然真的看到了自己的名字。那一刻我没觉得兴奋，只感觉好像被开了一个大大的玩笑，这到底是怎么回事，明明考得那么差啊，是不是老师把成绩看错了，是不是把别人的名字写成我的了……

而同桌，却在一边为我高兴得手舞足蹈："你看，我就说你可以的，你果然考了第一啊……"

三

很多年来，我都从未关注过自己的长相，至少从未因为长相自卑过，毕竟小时候走到哪里都有人夸赞漂亮啊、可爱啊……直到高二那年。

那时候，我跟姐姐一起在读高中，哥哥刚刚订婚，所以家里经济条件空前地拮据，而女孩子十六七岁又刚好是爱美的年纪，别的姑娘打扮得花枝招展（我们学校不要求剪短发、穿校服），而我每天都穿着校服，但说真的我从未因此觉得有什么难为情过。

后来有一次放假，我妈心血来潮带我逛街，买了全套的新衣服、新鞋子，还有蝴蝶结的发卡，对于一年都买不上一次新衣服的人，能够从上到下全新地去上学，这该有多神气。

开学那天，虽然自己是一头短发可我还特意比平时多梳了两下，小心翼翼地把发卡别在头发上，对着镜子翻来覆去地照，觉得自己简直漂亮得可以上天。

年轻女孩子的自信来得真是容易，一套漂亮衣服、好好打扮一下，别人的一句称赞，都足以让自己开心到炸。

去学校的路上，遇到一个平时关系还不错的女同学，她带着阳光一样温暖的微笑走到我面前，热情地跟我打招呼："周末过得怎么样？"

我心无城府地回答："很开心啊。"

她说："放假买新衣服啦，挺好看的。"

我被她夸得有点不好意思，刚想谦虚两句，她却接着说："嗯，换了套新衣服感觉你也没那么丑了，你知不知道以前你真的好丑啊。"

说完这句话，她大摇大摆地扬长而去，我却被钉在了原地！脑子里第一次冒出一个想法："原来，我很丑啊？"我忽然觉得整个世界都黯淡了，自己瞬间从"白雪公主"变成了"丑小鸭"，前一秒钟还以为自己漂亮得闪闪发光，而现在却只剩下尴尬、羞愧和自卑。

自卑的人的自信总是那么轻易被瓦解，别人的一句话就足以颠覆你的所有信念。

四

在东北上学的时候，认识的男生女生都人高马大的，我站在这一群人中，简直就像个小矮人。

大二那年，有个男生喜欢我，可不管人家怎么表白，对我有多好，我总不敢相信自己真的被喜欢着，因为人家高啊、帅啊，学校里比自己高的、漂亮的、有才华的姑娘那么多，人家喜欢我哪里啊。

后来，有一次跟他一起吃饭遇到了他们班的女生，她半开玩笑地问他："这是你女朋友？"他解释说："不是，只是朋友。"女生如释重负地说："吓我一跳，还以为你找一个这么大身高差的女朋友呢，哈哈哈……"

然后他们说了什么我几乎都听不见了，只觉得自己想找个地缝钻一钻。好后悔自己为什么要跟他一起吃饭，干吗要来受这一场取笑，而心里又忍不住庆幸，还好我没有相信他喜欢我，还好没有真的跟他在一起……

从那以后，我再也没有单独跟他约会过，他连续遭到几次拒绝后就也不再联系我了。大三的时候，我看到他有了女朋友，比我高挑，比我漂亮，比我活泼可爱，好像哪哪都比我好太多太多……我便更加相信，他不可能真的喜欢过我。

五

如果说，读书的时候，我的自卑都是在某些瞬间，某些特定时刻，那么毕业之后，自卑就几乎成了骨子里根深蒂固的存在。

随着年龄的增长，自卑不但没有被成长化解，反而在自己的性格中不断膨胀，以至于现在我变得对于任何事都不自信。

当所有人都勇于表现自己、努力往前冲的时候，我却畏畏缩缩的。

曾经有一次去某个公司面试，见到面试官之前，我已经在心里给自己定了一个薪资的底价，如果人家问我期望是多少，我就要毫不犹豫、自信又硬气地告诉他！可当人家真的问我时，我却咬了半天嘴唇都说不出来，总怕人家会觉得我不值，怕说出来后人家会笑话我，何德何能竟然敢开口要这么多……

我习惯了否定自己，有时候明知道自己做得一定比别人好，却不敢妄自承诺，总怕被别人寄予希望，更怕最后让别人失望。永远不敢把话说满，不敢给自己定太高的目标，因为不相信自己能做到。

自卑，让人习惯逃避，逃避责任，逃避别人的期望，逃避可能犯的错误和遇到的挫折，逃避人生的某些成长和改变……

六

我曾发过一条微博：希望有一天，可以优秀到不再是别人影响我、否定我，用他们仅有的比我多一点点的专业知识对我吹毛求疵，让我觉得自惭形秽，满腹挫败，而是我用我的自信，我的无可指摘，去影响别人，让他们即便与我不同，怀疑的也不是我而是他们自己！

那时候以为，自卑是因为自己不够优秀，那么当我足够努力、足够强大，自卑就会自然而然地消失，我会像别人一样可以昂首挺胸地走路，可以直面别人的质疑，可以不再因他人的优秀而自惭形秽。

可现实却告诉我，并不是这样，自卑其实是一种心态，它的根源不是我的不优秀，也不是别人的怀疑和否定，而是自己不能接纳自己的不完美，总怕暴露自己的缺陷，怕被别人轻视。不管我们做得多好，自卑都会像一个无底洞；不管我们多努力，自己眼中的自己永远不够完美。

对自卑的人而言，自己永远没有足够好的时候。

七

我越来越意识到：自卑，束缚的不只是我的性格，而是我的整个人生。因为它会让我变得胆小怯懦，永远躲在自己的舒适区内不敢放开手脚去拼搏。

可是，我还有很多梦要去实现，我还想看到一个更大的世界，我还想遇见不一样的自己，我想让自己的人生不再平庸无为，我想摆脱所有自卑给予我的枷锁，我想跳出束缚自己牢笼……

所以，我决心要为自己的人生战斗了。

我决定接纳自己的不完美，不够高挑、不够漂亮、不够优秀，很多地方都不够好，可那又怎样！

这就是我！

无论别人怎么看我，我还是要爱这样的我，无论结果怎样，我还是要做我想做的事，如果无法摆脱自卑，那就连这份自卑也一起爱着。每个人都有自己的现实，每个人都有缺陷和无知，大家都在不断犯错，可有的人学会了克服，也有的人学会了逃避，勇于克服的人会越来越强，选择逃避的人却会失去得越来越多……

我们不够好，可只要持续努力，就值得骄傲！

我在自己的公众号里问了这样的问题：

你有过自卑的时刻吗？

觉得自己不够好，怕自己把某些事搞砸，当别人越是信任你你便越是胆小怯懦……

你最自卑的瞬间还记得吗？

几百个读者做出了同样的回答：何止是瞬间，差点成永恒。

如果你跟我一样，曾经有过那么多自卑的时刻，甚至它已经根植于自己心里，可不管怎样，答应我，从现在开始，我们接纳自己，认可自己的不完美，直面内心的恐惧。

越是怕失败就越要去尝试，越是否定自己就越是要不断地告诉自己：我可以。如果犯错就大胆地承认绝不逃避，如果遇到喜欢的人就勇敢表白不怕拒绝，如果领导委以重任，就自信地接过来然后拼尽全力……

允许自己犯错，允许自己让别人失望，接受别人的否定，但是这些都有一个前提，那就是：全力以赴！

我们也许永远做不到足够好，但只要对得起自己就好！

衣衫褴褛，但器宇轩昂地

屹立于 天地间

有个姑娘给我发了一段《琅琊榜》里的话：君者，源也。所谓源清则流清，源浊则流浊。如今，坦诚待人被视为天真，不谋心机被视为是幼稚，世风如此，谁人之过。

我回她：清者自清，浊者自浊，不要管别人如何说，你是什么样，世界就是什么样！

讲一段我在沃尔玛做收银员的经历。

2011年的时候，沃尔玛的工资特别低，扣去五险一金拿到手只有一千块。每天站八个小时，把顾客的商品无论轻重一件件搬到收银台上扫码，有时是大米，有时是油，小商品还要负责装袋，一整天站下来整个人都快累瘫了，所有收银员都叫苦连天。

我那时很不明白，这么低的工资，又这么累，别人为什么还要继续干下去，女的还好，男的要怎么养家呢？后来干得久了，我发现好多人都有"拿"东西的习惯，有的是把商品上的赠品拿走，觉得反正是送的，拿走也没什么，也有的是把称重的东西打一个假价签，以很便宜的价格买超值的东西。

有一次一个卖肉的售货员，拎着很大一袋肉来我这里结账，我看了下价签，发现明显是错的，但又不好意思揭穿她，就说我这里结不了，让她去别的收银台，可她却偏偏不走，并且一直跟我求情，我又耳根子软，最后就勉为其难地给她结了。

她离开之前，我清清楚楚地告诉她："下次再有这样的不要来我这里，仅此一次。"

可是没过几天她又来了，这次是一袋大米，又是如法炮制，我竟然又禁不住人家的软磨硬泡，第二次帮她结了账。意外的是她走了两分钟后又折返回来，将一把储物柜的钥匙放到我的收银台，告诉我，那袋大米是送我的。天哪，别人一定想不到我当时的反应，这是贿赂我吧，真的是贿赂吧，一个小小收银员竟然都有人贿赂了啊！！

我还没来得及说什么，她就转身走了，我这里顾客又多不能去追她。沃尔玛的储物柜晚上闭店的时候，会有人把里面顾客遗留的东西都清出来，我想，如果我不拿走，晚上被主管们发现了就什么都解释不清了。虽然一袋大米并不贵重，可这是"赃物"啊！

于是，下班的时候，我就把那袋大米扛回家了，几十斤的大米我扛着走了二里地，简直要累虚脱了！更惨的是，第二天早晨上班我又把它扛回来了，照样存到储物柜，拿着钥匙去找那个收银员，把钥匙扔给她，然后对她说："这大米你留着吧，我不要，以后也不要来我这里结账了！"现在想起来，还觉得当时的自己简直霸气侧漏了！

自那之后她再也没有找过我，我偷偷地脑补了一下，如果我收了那袋大米会是什么状况：以后她每次来我这里结账我都不能拒绝了，因为拿人家手短嘛，自己也这样做了怎么还好再装清高，我会一直为这袋大米内疚，后悔自己贪了那点小便宜，这会成为我做人的一个巨大污点，每当看到类似的情况就会羞愧得抬不起头！

我当然也知道，我的行为会被那个售货员还有其他收银员怎么议论：傻，假正直，死板，等等，这种非议长这么大我遭受得太多太多了。

你单纯别人说你是做作，你善良别人说你是傻气，你正直别人说你死脑筋，若你选择随波逐流又会被人说你贪婪、懦弱，就是这样的，无论怎么做总会有价值观、人生观与你不同的人，总会被别人有意或无意地曲解、嘲讽、指责。

所以，做人要有自己的标杆，这个标杆不因社会或者环境的改变而动摇，很多人走错路，不是因为一开始就没有是非心，而是因为看到大家都在那样做，自己的原则就被动摇了，或者因为承受不起别人的非议只能选择同流合污。

我以前在微博里发过一段话：做自己认为对的事，不问该不该，做自己觉得应该做的事，不管别人是否做，不做自己认为不对的事，哪怕很多人都在做。

世界上有两种人：一种人吃得更好，一种人睡得更香。我不会去评价哪种人好哪种人坏，因为社会本来就是个复杂体，但是我想做睡得更香的那种人，别人吃得再好，羡慕可以，但绝不效仿！

《道德经》里说："天下皆知美之为美，斯恶已；皆知善之为善，斯不善已。是以圣人处无为之事，行不言之教，万物作焉而不辞。"

做自己本来就该做的事，奉行不言的准则，任凭万物自行其是不加指责。也就是：走自己的路，让别人去说吧，让别人走别人的路，自己不胡乱指责和干涉……

在此，引用一段我很喜欢的卢新宁在北大中文系毕业典礼上的致辞：

我唯一的害怕，是你们已经不相信了——不相信规则能战胜潜规则，不相信学场有别于官场，不相信学术不等于权术，不相信风骨远胜于媚骨。你们或许不相信了，因为追求级别的越来越多，追求真理的越来越少；讲待遇的越来越多，讲理想的越来越少；大官越来越多，大师越来越少。因此，在你们走向社会之际，我想说的只是，请看护好你曾经的激情和理想。在这个怀疑的时代，我们依然需要信仰。

无论中国怎样，请记得：你所站立的地方，就是你的中国；你怎么样，中国便怎么样；你是什么，中国便是什么；你有光明，中国便不再黑暗。

这篇致辞看了无数次，每次看完都全身充满力量地告诫自己：不管将来衣衫褴褛还是衣冠楚楚，都要器宇轩昂地屹立于天地间！

还有一篇很喜欢的文章，朱光潜《给青年的十二封信》中的《谈中学生与社会运动》，文中虽然讲的是运动和爱国，但道理可以推及所有人与事。

越是觉得世道不好，就越要把自己分内的事做好，在什么就言什么，做不成大事但可以做到力所能及的小事！抛开实际行动，空谈社会应该如何如何，人心要如何如何，这是最没有意义的。如果自己都做不好，又怎么有资格去指责。社会的进步本来就是合所有人之力而成，如果不希望世风日下，那么每个人最基本的义务就是坚守住自己的阵地。

这个世界乱象纷纷，我们无力扭转乾坤，但要做到自己问心无愧！就如我在豆瓣里的那句签名：我无奈于世道，世道也无奈于我！

只有亲自去验证，才知道

会不会 有奇迹

无论如何，请你满饮我在月光下为你斟的这杯新醅的酒。此去是春、是夏、是秋、是冬，是风、是雪、是雨、是雾，是东、是南、是西、是北，是昼、是夜、是晨、是暮，全仗它为你暖身、驱寒、认路、分担人世间久积的辛酸。你只需在路上踩出一些印迹，好让我来寻你时，不会走岔。

——简媜

一

在朋友圈看到表姐晒出了自己的孕妇照，与所有孕妇一样，笑得又陶醉又傻气，姐夫站在她身旁，搂着她的肩膀，深情地看着她和她的大肚子。

这个画面，幸福得我差点掉出眼泪，不是嫉妒，是开心，为她曾经历过的和现在终于拥有的。

表姐谈过一次长达七年的恋爱，从高中到工作，几乎霸占了她的整个青春。他们本来约定大学毕业后，等工作稳定就结婚。她把自己整颗心都放到那段感情里，虽然男朋友无房无财，可她还是决心无论风雨都要跟他一起走下去。

但是，爱情不是一个人说了算的，大学毕业半年，男朋友就对她提出分手，他爱上了自己公司的同事，是个家庭条件优渥的北京姑娘。

他说，他也想跟她一起白头偕老，但是工作之后，面对现实、社会、未来的巨大压力，看到那些工作多年依然买不起房子的同事，他有些怕了。他是独生子，父母都是普通职工，要买房子只能靠自己，以后还要养家要赡养父母，他不相信在人才济济、连一份像样的工作都不好找的北京，他一个学历平平的穷小子能混出什么模样。他渴望能有人帮他一把，也希望表姐不要怨恨他。

那时候表姐才明白，原来不止女生会为了现实放弃爱情啊，男生也会。

分手之后，她没有表现出丝毫的异常，依然平静地工作、生活，朋友们也都以为她无恙，便频繁地给她介绍相亲对象，可是她的伤都在心里，所有的平静和坚强都是伪装。她虽然顺从地去相亲，却一直单身，单得所有人都替她着急，怕她也像很多姑娘一样单到三十岁也不结婚。

我清楚地记得，她曾经带着忧伤的苦涩笑容对我说，感觉自己的心都冷了，她所有的爱都在那段七年的恋爱里消耗尽了，现在只是觉得累，累得好像没有力气再爱别人。爱情应该已经在她的生命里绝迹，再不会出现了吧。

可是在单身三年之后的一次相亲，她意外地遇到了现在的老公。也许因为那天阳光明媚，也许是他的干净清爽，总之她说，第一眼看到他时，竟然心跳停了两拍。表姐一直都不太健谈，跟别的相亲对象都是一顿饭吃完也说不上两句话，可是那天他们从彼此的工作聊到家庭，从家庭聊到大学，从大学又聊到童年，好像有一辈子的话要讲给对方听，怎么都讲不完。

那晚表姐给我打电话，还没开口就先哭了起来，我以为她被欺负了，赶忙问她怎么了，发生了什么事，可是她用激动的喘着粗气、带着哭腔却又明显万分喜悦的声音告诉我："我觉得我好像绝处逢生一样，我看到了希望，看到了生命的另一个未来，第一眼，第一眼，我就爱上他了。"

我瞬间脑补出了一个特别唯美幸福的画面：全世界都不存在了，只剩下被阳光照耀着的两个人，深情地对望着……

他们只谈了半年恋爱，就赶在2013年1月4日那天去民政局领了结婚证，现在结婚已经快三年了，可是两个人似乎一直处于热恋期。每天看到他们在朋友圈秀恩爱，晒幸福，我就觉得世界简直美好得不得了，未来真的是充满希望。

她曾经那么绝望地相信爱情不会再来了，可是最后却遇到了更美好、更热烈的爱情。原来，你所承受的所有的痛都会有同等的幸福来回报。未来的生命中还会有什么，谁也无法预料。

二

半年前有个姑娘在微博里发私信给我，男朋友跟她分手了，她对他哭过求过闹过，甚至以死相逼过，他还是不肯回头。我劝姑娘放手，既然他已经下定决心分手，那么就放过自己吧，可是姑娘说，她不能没有他，她觉得自己这辈子只会爱他一个人。

她要给自己一年时间，在这一年里去努力，让自己变得更漂亮更美好，然后再去找他，争取让他回心转意。

我当时对她讲过，一年后你不会再希望他回头，也许那时你早已经不爱他了。可是她不信，她一心认定自己会一直爱着他。

然而这才过去半年，她突然来跟我说，前男友回头了，他主动联系她说想她了，要跟她复合。她那天高兴得自己一颗心都要炸开了，当晚就买了火车票去他的城市找他。可是再见到他的时候，她忽然觉得那个人不是她心里的样子，他们之间的相处好像隔着一层什么，她感觉不到亲切，也对他产生不了热情，他完全唤不起她这半年来念念不忘的那种热恋的感觉，仿佛他只是一个很久不见的普通朋友。

然后，她明白了，她可能不爱他了，半年来在她心里徘徊的那些深情，也许只是自己的自以为是，实际上在她不断努力让自己成长的同时，他也在她心里一点点褪去了，只是她还固执地相信一切都还没有变而已。

她说："原来曾经爱得死去活来，爱到以为没有他自己会死，到最后也可以变成不爱啊！那么我是不是将来还会爱上别人？还会像原来似的那么爱？"

我说："会吧，就像你可以不爱他一样，将来应该也会再爱上别人吧。如果说不爱他是一个奇迹，那么谁知道将来会不会再有另外一个奇迹呢？"

三

听过很多失恋的人对我说：感觉再也不会爱了，再也遇不到更爱自己的人，再也不会有比他更好的人了……很多很多个再也不会……

我总是回他们：请不要轻易断言自己的未来。

你并不知道未来会遇到什么，发生什么，拥有什么。你所有的心情，所有的想法都只是此时此刻的当下。谁都不是上帝，即便你了解自己，你却不能了解你的未来。

就算此刻绝望，你又怎么会知道在下一刻不会看到希望？就算当下没有爱情，当下觉得不幸福，你又哪里知道，它们不会在下一刻就出现！

未来其实还有很远啊，一眼望不到头的，不自己走过去看看你并不知道那里有什么在等着你啊。

不要轻易说自己再也不会怎么样，只有亲自去验证，才知道会不会有奇迹发生。

爸妈养了 你小，
不是为了 让你啃老

爱子心无尽，归家喜及辰。寒衣针线密，家信墨痕新。见面怜清瘦，呼儿问苦辛。低回愧人子，不敢叹风尘。

——蒋士铨《岁暮到家》

一

小学二年级的时候，有一次周末放假，我玩得太high把作业忘得一干二净，为了开学不被老师骂就在周日晚上恶补，我妈看我写得太晚了便不停地催我睡觉，我很不情愿地上了床，然后反复叮嘱她："你早晨五点就要喊我，我还有好多没写完呢。"

可是，周一早晨我起床的时候，却发现已经七点了，想到作业没写完，我吓得不敢去上学，对我妈又怨又求："都怪你不喊我起床，你今天要送我去上学。"我妈一脸不屑地说："你自己周末不写作业，就知道玩，还怪上我了，我才不送呢。"

然后我就坐地上耍了，两条腿不停扑腾的那种，一边哭一边喊："你不送，我就不去上学了。"可我妈也真是女中豪杰，软硬不吃，直接拽着我的衣服把我从屋子里拎到大门外，将书包塞我怀里说："你自己在这哭吧，我要去串门子了。"然后她就大摇大摆地走了。

我又扯开嗓子号了两声，见我妈真的没影了，觉得再哭也是没意义了，又不敢真的逃课，就抹了抹眼泪抽搭着鼻子，从地上爬了起来，背上书包灰溜溜地自己去学校了。

中午放学回家，我妈正在做饭，我心里生气便故意不理她，然后她主动跟我套近乎："今天上学怎么样，有没有被老师揍呀？"我得意扬扬地说："没有，班里好多同学都没写作业，老师说明天交。"然后我妈半讽刺半玩笑地说："那以后都不要写作业了，反正大家都不写。"我又很傲气地说："我才不跟他们一样呢，不写作业多丢脸啊。"

多年后跟我妈提起这件往事，她说那天她根本就没走，一直躲在邻居家看着我呢，她说："如果我送你去上学，你就会以为我是你的靠山，什么事都有我给你担着，可是我得让你知道，自己犯的错，挨骂挨打都得自己受着，这样以后你才能长记性。"

的确，在那之后我再也没有不写作业，自己闯了祸也再不敢指望爹妈替我出头。

二

在长春上班的时候，公司里有个男同事，1983年生的，人长得高高大大，学历也不低，是吉林大学研究生毕业，按理说早该可以养活自己甚至养家了，但他依然单身，工作马马虎虎，工资三千出头，而穿的用的却都是名牌，我开始只觉得他的状态有点对不住自己的学历，对于人家的吃穿和消费我实在没权利议论。

可是后来，发生了一件事顿时让我心生厌恶感了，那时iPhone5s刚刚上市，他在办公室里一脸委屈地跟女同事抱怨："你说我爸抠不抠门，连个手机都舍不得给我买，不就几千块钱吗？！"

我当时真的是大跌眼镜，一个三十岁的人，而且是重点大学研究生毕业，竟还要为了买个手机跟爸妈要钱，爸妈不给就像个小娃娃似的这样怨怼。

工作不好、能力不高都还可以原谅，如此理直气壮、厚颜无耻地啃老，却实在是没出息。

三

还有一个石家庄的朋友，已婚，孩子三岁了，工资有六千多，在石家庄算可以了。但他的钱都用来跟哥们儿喝酒应酬，给媳妇买花了，一家三口的衣食住行、孩子的托儿费还是要由爸妈负担。

而爸妈呢，为了让儿子一家的生活更舒适些，在退休后还要外出打工补贴家用。

他自己说起这些，心里也有点内疚，可分明又习惯了爸妈的这种供养，觉得自己工资确实不够开销，而爸妈又有能力，让他们帮自己一把也无可厚非。

可是我想，你不能因为爸妈愿意帮你，就心安理得地自己花天酒地不养家啊，如果你有能力养活老婆孩子，那么爸妈完全可以在退休后颐养天年，不用再这么辛苦地奔波！

曾子说，孝有三：大孝尊亲，其次弗辱，其次能养。

而现在，自己养不了父母也就算了，却还反过来让父母为自己辛劳，爸妈养了你小，没有义务再养你正当年啊。

四

百度百科给啃老族做了以下分类：

1. 能正常劳动有收入，并且能按时交纳生活费，但是要依靠父母出钱供其买房买车或者其他奢侈品的。

2. 能正常劳动有收入，不交给父母生活费，甚至连其妻儿也跟着吃喝父母的。

3. 不劳动没收入，一切生活开销都由父母供给的。

4. 靠父母投资经商却一无所成者同样也是啃老族。

我很庆幸当年我妈没有送我去学校，因为如果她处处给我撑腰，也许我永远也学不会独立，永远也不懂得自己的人生要自己负责。

的确，社会竞争很大，我们的生存压力很大，但这都不是仰仗父母的理由，我们也许永远不能出人头地，但至少还可以做到自力更生。也许有人会说，现在房子、车子那么贵，聘礼那么高，不靠父母自己什么时候才能挣出那么多钱啊。但是，在说这些话之前请先问问自己，为学业、事业拼尽全力了吗？

不要一直把爸妈看作自己的后盾，那样会使你丧失奋斗的动力。

五

曾有一个男生问过我："我都二十五岁了，还让爸妈拿钱给我做生意，这样是不是很没出息？"我说："不是，如果爸妈有能力，可以帮你少走很多弯路，直接把你的起点抬高，这很好，只是在这个起点之后的路你要自己走了，以后的人生就要自己创造了。"

有爹可拼，是一件幸运的事，但是我们最多只能让爹妈为我们在攀往更高阶梯时垫垫脚，却不能把他们当作自己行走的拐杖。

　　你爸是"李刚"，但是你也要努力去证明，你自己是谁!

你为 自己的父母
做过 什么

所谓父女母子一场，只不过是意味着，你和他的缘分就是
今生今世不断地在目送他的背影渐行渐远。你站在小路的
这一端，看着他逐渐消失在小路转弯的地方，而且，他用
背影默默地告诉你，不用追。

——龙应台《目送》

　　在文章的开头，我想先问所有读到这篇文章的人一句话，自
出生以来，你为自己的父母做过什么？

　　从老家回到深圳的第二天，一大早就接到了我妈打来的电
话，她在电话里像往常一样跟我寒暄，起床了没，吃早饭了没，
那边天气怎么样，冷不冷，可我却听出她的声音里有明显的发
抖，她在刻意忍耐着什么不想让我发现，我的不安被她的声音挑
起来了，急忙切断她的寒暄问她："怎么了，出什么事了？"

　　她原本还想强装没事，但经不住我再三盘问，终于像个孩子
一样委屈地跟我讲了实话："我回来之后去看你奶奶，她怪我没

有在你走之前回来看看你，你爸也说你想吃我做的手擀面我却不在家，他们都觉得我这个妈当得不合格，你是不是也怨我啊，你好不容易回次家，我都没有送送你……"

她越说越伤心，我听得简直心疼死了，我干吗要怨她啊，爱她、感激她都还来不及呢！养了我二十几年，不仅没有为她做过什么，还总是给她添负累，每次回家她都要牺牲自己打麻将的时间陪我，还变着花样做我爱吃的饭菜，如果说这样的妈妈不合格，那我这样的女儿就该拉出去枪毙了。如果要怨怼，也只有她怨怼我的份儿啊！

我们家人都不容易动情，分别的时候从来没有多么难舍难分过，只有我一个人每次都哭得死去活来，好像全家的感性基因都长在了我身上。这次离开之前，我妈刚好要回娘家参加葬礼，一去就是四天，虽然我因为临走见不到她确实挺难过的，可我完全理解她，她本来就是不黏子女的人，但这并不代表她不够爱，只是方式不同。

之前写过一篇关于我爸的文章，讲了很多他性格中的优劣，以及我小时候对他的误解和现在的理解，遭到很多人批判，说这样的父亲大男子主义、直男癌、不合格，还有好多人评论发泄自己对父母的不满，我当时好想问一问这些人，当你责怪自己父母做得不够好、不够完美的时候，你自己是个完美的儿女吗？当你要求父母应该为你做些什么的时候，你又为他们做了什么？

我有时候觉得，很多子女是把自己爸妈当超人看待的，以为不管自己想要什么他们都该做到，否则就是不合格，可实际上父母也是普通人啊，他们拥有所有普通人具备的劣根性和优缺点。

不养儿不知父母恩，当我们没有成为父母时，只会站在局外去提要求，以为理想的父母该是怎样怎样的，等自己做了父母之后，才会真正明白，想做好父母这个角色到底有多不容易，因为无论你怎么对待子女，他们都会有自己的判断，你以为的好在他们那里也许就是坏。

任何一种关系能相处得好，都不是因为某一方做到完美无可挑剔，而是双方都能接受对方本来的样子，珍惜、感激对方为自己付出的，体谅、包容对方不能给予的。

父母不同于朋友和恋人，其他的你不喜欢了可以任性地换掉，但父母是唯一的，如果自己与父母之间有一条鸿沟，我们除了指望他们跨过来之外，自己也要主动地去架桥啊。子女不能一味地要求父母如何对待自己，也要学会理解和包容他们，接受他们本来的样子。

当你义正词严地指责父母没有尽好对你的义务的时候，你也想想自己为他们做过什么吧！

毕业的这些年，我一直都对父母问心有愧，成年之后便离家在外，从来没有照顾过父母，他们生病我不能守候，他们的辛劳我不能代替，偶尔给他们些钱，他们也是一分一毛都不肯花，就连他们现在脸上的皱纹和头上的白发我都不知道是何时长出来的。

他们所给予我的一切我都无以为报，我能做的就是多理解他们一些，我能给予的，就是加倍地爱，努力让他们的人生因为我的存在而多一点点快乐，多一点点幸福。

从前有人问过我，如果有选择的话，你会不会想要一对更优秀的父母？

我毫不犹豫地回答："不想！从来都没想过，因为在我眼里，他们已经是完美的父母了，他们能给予我这么多就已经很了不起了。"

爱有很多种，有的隐藏很深，有的善于表达，爱没有一定的形式，爱也不全是我们理想中的模样，在希望父母给予我们需要的爱的同时，也要考虑到他们的现实，他们性格的局限，还有他们表达爱的方式。不要只站在自己的角度索要爱，也应站在他们的角度去理解和感受爱。

无论我们是什么样子，父母都会无条件地爱我们，那我们是不是也应该回报他们一份无条件的爱呢？

好好珍惜与父母此生的缘分，对他们好一点，再好一点，因为下辈子不一定能遇到了！

"老人" 是我们
每个人 未来的名字

一直都觉得，老人是这个世界上最最可爱的群体，而变老却是世上最最可怕的事。

一

第一次感觉到年老的孤独，是上高中的时候。某个周末放假在家，爷爷打电话给我说："你奶奶炖了鱼，中午过来吃饭吧。"然而那天我妈也特意做了我最爱吃的，我就跟爷爷说晚上再去吧，爷爷说："嗯，好啊，我让你奶给你留着。"

可是十分钟后，他竟然亲自把炖好的鱼给我送了过来，他说："你奶奶说放到晚上就不好吃了。"他是笑着说的，但我当时听得内疚死了。我妈留爷爷一起吃饭，他死活不肯，转身离去的时候，我看到他的背驼了，走起路来也不像从前那么轻快利落了，我的眼泪就唰唰地掉了下来。我忽然感觉到一种对时间和生命的无能为力，爷爷老了，那个背影孤独得让人心碎。

我几乎都能够体会到他内心的那种失落：盼了几个星期才盼到你回家，想你在学校一定吃得不好，早早地就在张罗要给你做些什么，希望你吃得开心，也陪他们说说话，可你却说，你不需要。本来就是给你准备的，你不来他们吃得还有什么意思呢，于是全部打包给你送来。

老人总是尽自己所能地去对晚辈们好，把自己认为最好的留给晚辈，可晚辈永远体会不到他们的良苦用心，认为那些可有可无，没什么大不了的。

二

十一的时候，爷爷的表姐从郑州回来看奶奶，知道这个消息之后，奶奶兴奋得一晚上没有睡着，早晨早早起床梳妆打扮，坐在客厅的沙发上，眼睛直勾勾地盯着大门口，等着他们到来。

两个老太太一见面就眼泪汪汪地抱在了一起，那一刻我觉得她们一定都看到了彼此年轻时的样子，几十年的光阴就在那一个拥抱中倒退回去了。

那两天，奶奶开心得简直像个十几岁的小姑娘，我听着她们讲彼此过去的趣事，讲一起经历过的苦难，讲儿孙的现在。

奶奶在我眼里是个特别达观的老太太，可是姑奶走的那天，她却难过得病倒了。我想起，有一次我离家的时候，她对我说："你们一年不回来我们也习惯了，回来一次待这么两天又走了，这样更让人不好受。"

八十八岁的老人即便对世事再淡泊，也经不住这种大喜大悲的离别。

三

奶奶跟爷爷住的老院子东面有一条街，有很多年龄相仿的老头、老太太在那里歇着闲聊，以前每次去看他们，都要去那里找。可我上大学之后，就发现他们很少去了。我问奶奶怎么不出去找老太太们聊天了，她说："哪还有什么老太太啊，都走啦。"

或许，变老本身就伴随着孤独，因为总要看着自己的知交故友，自己爱的人，一个个离去，不管远走还是逝去，都会在心里加一分思念和忧伤，这思念与忧伤就沉淀成了心底的孤独。

对于老人来说，过去比未来更重要，因为他们的一生都快走完了，即便再长寿，身体也已经不允许他们有什么大的改变了，对未来他们没有什么念想，所以越来越念旧，越来越喜欢回忆。

我每次回家的主要任务都是陪聊，很多旧事奶奶都说了十遍二十遍了，可我还是表现得又惊讶又激动，假装是第一次听，每次追问，她都笑着嗔怪我："你怎么那么好事啊。"其实，是因为我知道她喜欢说，所以才不停地问。

对老人来说，生活上没有更高的追求了，只要能吃饱穿暖就够了，他们需要的是陪伴，是有人能认真地陪他们说说话，让他们知道，他们并不是子女的累赘，他们被需要着。

四

《我爱你》这部电影连续看了两遍，在张军奉与老婆的葬礼上，有几个人闲聊说："七十七岁了，是喜丧，走得正是时候，再活着就是给子女添麻烦了。"金万皙气得把啤酒摔到桌子上，骂他们："别说喜丧喜丧的，什么叫死得是时候，老人死了就该高兴吗？！"

子女小的时候不也是父母的麻烦吗？难道父母老了就该早早离去吗？才不是这样，即便他们老了，即便满身疾病，即便需要子女日夜侍奉，他们一样值得被爱，因为那些都是他们曾经付出过的。

没有什么死得是时候，所有老人都应该长命百岁!

五

老人，不是单独的一个群体，老人是我们每个人未来的名字，爱他们就是爱我们自己。对他们多一些关心，多一点耐心，多一些陪伴，体谅他们的孤独，原谅他们的古板，忍耐他们的唠叨，在他们生病需要照顾的时候，不嫌弃，不厌恶。

因为，我们曾被他们全心全意地爱过，就应该用更多的爱去回报。

愿所有老人都被子女爱着，愿所有人都能老有所依!

你 失踪了
惊动的 是谁

　　早晨上班的路上，看了一篇短文《你失踪了会惊动谁》，莫名地被这个标题戳中，忽然想起自己上初中时发生的一件小事！

　　说是小事，因为那于我并没有多大影响，但在爸妈那里却一定是担心得七魂去了三魄！

一

　　我就读的初中在镇上，我们村又是所有村子里离镇子最远的，骑自行车快了也要半个多小时，如果走路那就要一个多小时了……

193

初二那年冬天的一个下午，原本晴朗的天，突然就下起了雨夹雪，雪落到地上化成水结成冰，整个大地都冻成了一个巨大的冰面，别说骑自行车了，就是在那地上走两步都会摔跤。

我跟两个同村的小伙伴商量，放学别骑自行车了，一起走回去吧。

可没想到的是，放学之后，隔壁班一个跟我关系很好的女孩竟然在门口等我，她说："路不好走，你家那么远，就别回了，去我家睡吧。"

她家离学校只有几百米，下这么大雪她还特意等我，也真是让人感动。于是，我跟小伙伴们说："我今晚不回家了，你们经过我家时，帮我告诉我爸妈一声。"小伙伴们都斩钉截铁地说："好！"我就没有再专门给家里打电话。

然而，半夜十一点，同学家的电话响了，竟然是找我的，我觉得很奇怪，谁找我能打到她们家来呢。拿过电话，刚说了一声"喂"，就听到我妈在电话那头哇哇地哭起来了，一边哭还一边对我吼："你这死丫头，不回家都不知道给家里打个电话啊，你知道家里都急成什么样了吗？！"接着又是我爸抢过电话，气呼呼地说："你去同学家没事，倒是告诉我跟你妈一声啊，你把我们都吓死了！"

我很无辜地说："我让同学告诉你们了呀！"

我爸说："你同学忘了！可是就算没忘，你也得记得再打个电话啊。"

我当时还觉得特委屈，我明明跟别人讲了，是他们忘了，这不能怪我啊！

可是，第二天到了学校，我发现好像全世界都知道昨晚我失踪了，所有同学都在问我："你昨晚去哪里了啊？"男同学甚至调侃说："哎哟，你没被绑架啊！"

我有点不明就里，他们怎么知道的啊！

后来，同桌告诉我："昨晚你爸妈几乎把全班同学家的电话都打遍了……"

那时，我才觉得有一点点的内疚，打这么多电话得花多少电话费啊，我爸一定心疼坏了。

二

晚上放学回家，我有点不敢进家门，怕爸妈余怒未消会冲过来把我生吞活剥。但出乎我意料，我妈不但没训我骂我，反而温柔到不行，还特意做了一大桌子好菜迎接我……

吃完饭之后，我本想回屋写作业，却被我妈拦下了，她说有话要跟我讲。我当时觉得：完了，这是要爆发了啊！

但是，我妈只是拉过我的手，温温柔柔地说了一句："以后不管干什么，去哪里，你都要记得第一时间告诉我。"

然后，她给我讲了昨天晚上在她跟我爸身上到底发生了什么。

我们学校放学的时间是五点，一般六点前我就能到家，六点半的时候我还没有回来，我妈以为路不好走回来晚些也正常，没有过多担心。可是等到七点了，还不见我人影，她就坐立不安了，拉着我爸去村口等我。他们眼看着别人家的小孩一个个都回来了，却总是见不到我，每过来一个人，他们就问人家："看到我闺女了吗？"结果人家都说没有。

等到七点半，他们的心情由原来的担忧变成了恐惧，各种电视剧里的恐怖情节都跑到了他们的大脑里，车祸？抢劫？拐卖？甚至……他们不敢想了，我爸当即决定，去学校找我，我妈也要去，可我爸说："我一个人去学校，你去她同学家找找，看有没有人知道她去了哪儿。"

我爸到了学校，发现大门已经锁了，看门的大爷说："学生们都回家了，没人了。"我爸央求道："大爷，你开开门，让我进去看一眼，要是真没有我就走。"大爷依然固执地说："我都检查过了，真的没人了。"然后我爸就急了，眼泪汪汪、声嘶力竭地冲大爷喊道："可我闺女还没回家啊！"

大爷竟然被这一喊触动了，好心地开了大门让我爸进去找，可校园里万籁俱寂，根本什么都没有……

我妈呢，因为我每天一起上学的伙伴都不固定，所以她只能一家家地找，走遍了大半个村子才找到我打过招呼的一个同学。听到她说我去了别人家，我妈的心算是放下了一半，可是另外一半还提在嗓子眼呢，去了同学家，哪个同学啊？电话是多少啊？这些都没有人知道。

我爸知道后，说："既然去了同学家，那应该就是没事了。"可是嘴上这么说，他俩却根本不放心。

我妈回家翻我的书桌，想从中找出什么蛛丝马迹，最后，她终于找到了我的电话本。我都能想到，那一刻的她，一定是像得到了救命灵丹一样惊喜。

他们按照上面的电话，一个一个打过去，可打一次失望一次，一直打到三十几个的时候，才终于听到人家说："对，在我家呢。"而我妈的情绪也在那一瞬间再也控制不住了……

三

你失踪了惊动的是谁？

是那些时时刻刻都为你揪着心，把你的命看得比自己命还重的人!

四

我爸妈都不善言辞，每次给他们打电话，说得最多的话就是："我们都挺好的，你照顾好自己啊。"

经常都是我拉着我妈话家常，她却不停地问，聊够了吧，可以挂了吧。而我爸呢，他几乎没话跟我讲，我有时生气，跟他撒娇："爸啊，我是不是你亲闺女啊。"我爸就说："哪有那么多话说啊，电话费怪贵的。"

可是，我每次出行，他的电话就会从早打到晚，每次只有一句话"上车了没？""到哪了？""下车了没？"我姐总吃醋说："咱爸就是最担心你，我出门他都特放心。"我爸就瞪我姐一眼说："净胡说，你们谁出门我跟你妈都是提心吊胆的。"

前段时间，深圳发生了滑坡，我正人事不知地呼呼大睡，我爸的电话来了："你那里没事吧？"声音里透着明显的担忧，我说："没事啊，我正午睡呢，怎么了？"我爸说："我刚在电视里看到深圳滑坡了……"

我知道，我又一次让他为我揪心了。于是，赶忙安抚他说："爸，我没事，你放心，我好得不得了。"

五

从上大学到现在，奔波了五六个城市。我在哪里，爸妈就实时关注哪里的天气，哪里的新闻。

吉林天气预报说要下雪，我爸就打电话嘱咐我："明天有大雪，记得多穿衣服。"长春发生了4.5级地震，我妈打电话问："长春地震啦，你那里有事没？"北京又发布雾霾预警，他们也会提醒我："出门别忘了戴口罩。"甚至在电视里看到什么传销的、抢劫的、网络诈骗的，都会打电话给我讲一遍，要我一定小心防范。

我每换一个城市，都会把自己的详细地址，自己朋友、同事的电话留给他们，因为，这是我妈强烈要求的。

他们允许我去任何我想去的地方，但是得保证一点，他们要永远都知道我在哪儿，永远不能找不到我！

中国移动有则广告，视频里妈妈说："没手机就不行啊。"女儿无奈地解释："不是离不开手机，是我离不开您。"这是女儿对妈妈说的，却也是爸妈的心声……不是想锁住你，是怕没有你的消息。

不管在哪里，不管发生了什么，永远不要让爸妈找不到你，多给他们打个电话，哪怕只是报一句平安，说一句："我很好，别担心。"

太专注于　伤害
会让你　忽略了爱

每个人都是"人"，都有着人性的贪婪、自私与温情，他们有讨人厌的一面却也还是有可爱的一面。

——刘墉

一

这些日子，网红们骂"贱人"几乎成了一种风尚，你骂他来，他骂她，好像每个人身边都围绕着一群可以被称之为"贱人"的人，我默默想了一下自己的朋友圈，有没有可以被我拎出来当靶子的人，但是我不得不承认：没有，一个也没！

多少年来，我一直觉得，我大概就是那种每时每刻都在踩狗屎运的人，我软弱的时候，总会有人替我出头；我孤单的时候，总有人默默地陪伴；我没钱花的时候，也会有一群人伸出手来霸气地对我说："拿去花，不用还。"

最深的绝望里遇见最美的风景，再没有比这更让人心存感恩的事了。

我总说自己不善交际，但其实说真的，朋友多少和朋友的质量与一个人的交际能力并没有太大关系，你有真心就够了。

当别人都在抱怨身边的"贱人"的时候，我很想说一说我遇见的那些良人。

二

闺密韬韬，在我的文章里也出现过无数次了，她去年11月生了宝宝，一直在纠结要不要辞去工作做个全职妈妈，可是最大的问题当然是经济了，她怕老公一个人无力承担，后来在另一个同学的推荐下她也做起了微商，卖儿童服装。

最开始她没有跟我讲，我在朋友圈看到之后觉得作为铁闺密我一定要为她做点什么，就跑去跟她说："你把你的衣服信息发我一些，我来帮你转发，我好友多哇。"其实这是多小的一个忙啊，对我来说不过是掉下节操没有什么的啊。

可是韬韬却说："不行，你朋友圈里都是读者，发广告对你影响不好。"我直接就被她这句话感动得眼泪汪汪了（我的爱哭是公认啦，表达感动时只会用眼泪）。

你看，有的人可以只顾自己利益，想当然地强制要求你去帮他做一些事，但也有的人是什么都为你着想，知道你不喜欢，哪怕你主动要求都不会让你去做。

什么是高质量的友谊，绝对不是两个人有多优秀，而是双方有多为对方着想，彼此能为对方付出多少。

跟韬韬相识九年了，我们就像一起坐在一趟人生列车上，太多人上来又下去了，可我们始终坐在原来的位子，偶尔沉默不语，偶尔相视一笑，但当列车晃动的时候，就会不自觉地紧紧抓住彼此的手，那是温暖也是依靠。

三

半年以前，彪哥就跟我讲过："你什么时候也在文章里写写我啊。"

好吧，现在来了。

彪哥也是我大学同学，同是沧州老乡，回想当初一入学校就认识他简直是天大的福气，那时候我还是个生活不能自理的小丫头啊，任何事都找他帮忙，他呢又是很大男子主义的男生，我就在那几年被他惯出了一个坏毛病：跟男生一起吃饭从来不掏钱，如果让我掏钱我就觉得这男生没风度！（还好，后来改了一点点。）

那时候觉得彪哥简直就是我的靠山，虽然平时交流很少，但各种节日总能收到他的礼物，圣诞节你说没人送苹果，他就给你买好几斤"拿去跟室友分吧"；中秋节你说吃不到月饼，他又给你买几十块，"拿去吃个够吧"；寒暑假一起回家，几乎所有行李都是他帮我拿；就连班级聚会结账时AA制，他都会一起结掉我那一份。

而我能为他做的，可能也就是考试时借他抄下答案了。

跟他是绝对的君子之交，淡得一毕业就各自工作几乎没有联系，但是2013年我失恋，他听说了之后立刻就联系我，说："你来石家庄吧，包吃包住。"然后我就毅然决然地去了（想想也是脸皮够厚，就不知道考虑下人家是不是真的方便），他还是那个靠山，一点都没变。

他把租的房子让给我住，自己搬去女朋友家，晚上会和女朋友一起带我去吃饭，甚至还背着女朋友问我："你有钱花吗？没有的话一定要跟我讲。"我在他的房子里白住了两个月，后来找到工作搬了家，再后来他结婚娶媳妇生了宝宝，就又没有联系了（我也是够忘恩负义的，没麻烦了就不联系）。

有时候想到他，竟会觉得不可思议，一个人可以什么都不图，什么都不要求，在你给不了任何回报的情况下尽最大能力帮助你，到底是你值得，还是他太仗义太善良。

人家说，你有困难时不假思索地帮助你的都是从来不求你帮忙的人，可能真的是这样，那些给予我最多的，恰恰就是我什么都给予不了的人，但是换个角度想，也许他们帮助你本就不是指望你回报，或许是你值得，他们希望你好，也或许是你命好，他真的太善良。

如果对于别人的帮助我们无以为报，那么就把它化为心中的善意，尽全力去帮助那些比我们更弱小、需要我们帮助的人，善意应该是被传递下去的。

四

还有一个我想感谢的人。

一个高中的同学，男生，曾经一年的同桌，我总说他，十几岁就长了啤酒肚，妥妥的奸商，看起来就不像好人。

他家条件很好，能跟他同桌对我来说真的是抱了条大腿，毕业的时候我跟他说："阿萌，我觉得你将来一定会很有出息的，万一我以后混不好有求于你，你可一定要收留我啊。"其实当时说这话是有一种担心，因为大家都说，一毕业、一分开，朋友就变了，一长大、一工作，情谊就没了，我不希望我的朋友也变那样，所以要提前跟所有人拉钩。

大学他在石家庄读的，我去了东北，由开始的联系频繁渐渐变得几乎不联系，我曾经为此抱怨过："你看，果然一分开，朋友就都疏远了。"

但是毕业后，我在北京工作的时候，有一次生病发烧身边一个人也没有，刚好他打来电话，我就委屈地对着他哭了，结果他连夜买了火车票赶来北京看我，那一刻我就明白了，有些朋友哪怕不联系，情谊却一直都在那儿。

后来他回到老家县城进了政府机关，接着又结婚生子，我们照样是很少联系，2014年年底我需要办个证件因为他熟悉流程就找他帮忙，然后他请了假，一整天都陪着我跑各个单位，其实我挺不好意思的，想请他吃个饭聊表感谢，可他却嘲笑我说："长大了，连你都学会客套了吗？"

听了他这句话，我之前的所有不好意思都一扫而空，我说："阿萌，我肚子饿了，你请我吃饭吧，哪儿贵就去哪儿，反正我没钱。"他哈哈地笑了："对呀，这才是你，你就该是这样子的。"

有些人，无须多言，便心照不宣。

五

有个朋友对我说："太容易对人掏心掏肺也不是什么好事儿啊！"我回他："没关系的，有人回报你一半但也有人返给你双倍。"

上周日约见了一个读者，他说以前总是把陌生人先当作坏人，不轻易接近，但后来发现，这样虽然在一定程度上保护了自己，但也让自己少了很多机遇。

一定是这样的，如果你处处小心别人，如果别人的一点刺痛你就像火药一样爆炸，那么你会吓跑很多带着善意而来的人。

生活中的伤害很多，但我依然相信，温暖更多，你对于这个世界拿出去的是什么，最后得回来的就是什么。

我总说这个世界能量守恒，但它不是一对一守恒，有时你为别人付出十分，他却给你三分伤害，但也有时你为另一个人付出五分，他就给你十二分的爱，所以，有时候不需要计较那么多，太专注于伤害会让你忽略了爱。

我们从别人那里得到的爱和善意，就是为了让我们去化解另外一些人给予的恨与伤害的，所以，我要说那句很鸡汤的话，原谅伤害你的人，因为有爱你的人替他们补偿。

没有一条路是绝对安全的，但是多付出一点爱，就多一点机会被爱。

过去　谢谢有你，
相见　不如不见

> 卒子过河就没有回头路，人生中的一个决定牵动另一个决定，一个偶然注定了另一个偶然，因此，偶然从来就不是偶然，一条路势必走向下一条路，回不了头。我发现人生所有的决定其实都是过了河的卒。

——龙应台

一

五年前，我恋爱了，初恋！

刚从大学的象牙塔里走出来，诸事不顺，男友就在我最落魄无助的时候"乘虚而入"。

那天我因为做错事被老板骂得很惨，下班的路上丢了钱包，身体又处于重感冒中，心情低落到极点，而他就在我委屈到快要掉出眼泪的时候打电话来了，我瞬间就觉得自己有了依靠，电话接通后一句话都没讲就放声大哭，他好像什么都懂似的，在电话另一端默默地听着。

哭了五分钟后，我终于止住了眼泪，他忽然用很温柔的语气说："做我女朋友吧，让我照顾你。"

我开始以为他在说笑，就嗔怪道："你不要闹，我还难过着呢。"

然后，他认认真真、一本正经地说："我没有开玩笑，真的想让你做我女朋友，我希望你在我身边，我能好好照顾你。"

我问他："你喜欢我什么呢？我这么任性、脾气也坏，不会洗衣做饭，又笨又傻，上个班还整天被老板骂，有什么值得你喜欢呢？"

他沉默了一会儿说："我就是……喜欢跟你在一起。你任性我就宠着你，你不会做家务那就我来做，老板骂你那我们炒了他，我来养你……"

他好像怕我不答应似的，一直在说着各种理由，我听着听着又哭了，一边掉眼泪一边咯咯地笑。

五年前的我，真的是在用耳朵听爱情，以为说出的话就都是真心，相信只要是真心就值得托付。

二

恋爱的第一年，男友的爸爸突然生病住院，我陪他回家看望。

208

在汽车站买票时，发现还要等两个小时车才开，他心里着急，便想搭个顺风车。这时刚好有陌生人用乡音跟他搭讪："小伙子，是不是在等车啊？我们的车就差两位了，票价跟站内一样。"我俩当时一定都没带大脑出门，竟然想也没想就跟着走了。

后来，我们被带到一个人烟稀少的路口，那里聚集着几十个人，男友察觉出不对劲，就跟一个男生搭讪："哥们儿，他们的车什么时候来啊？"男生皱着眉一脸气愤地说："哪有什么车啊，他们是'拉皮条'的，那不正在路边拦车呢吗！"

这时我们才知道被骗了，但我完全没有意识到问题的严重，淡定地跟男友说："既然没车，那我们走吧。"

他说："骗你过来了还会轻易让你走吗？！"

我从来没有遇到过坏人，听他这么说，忽然就害怕了，慌张地问："那我们怎么办啊？"他用力搂住我的肩膀说："你不要怕，对面有个公交站，一会儿如果来车，我们就跑过去。"

然后，他翻遍了整个背包，想找到一个必要时能"作战"的工具，最后却发现只有工作用的皮尺是唯一的硬物。于是他把皮尺套到了手腕上，对我说："一会儿你只负责拼命跑，什么都不要管。"

接着，我们就全神贯注地等着对面的公交车，我觉得自己一颗心紧张得快从喉咙里跳出来了，而男友一直紧紧地握着我的手。

过了二十分钟，对面的公交车终于来了，男友看了骗子一眼，发现没人注意我们，他果断地拉起我逃命一般地往对面跑，而骗子也很快发现了我们，一边在后面追，嘴里一边叫嚣："小子，你竟然敢逃跑，给我回来，不然老子弄死你。"

现在想起，真觉得那一幕像在演电视，骇人却又滑稽。跑到马路对面，男友一把将我推上了公交车，他自己却被骗子拉住，在车下撕扯了起来。我急得跟车上的人喊："快帮帮我们啊，那些人都是骗子。"骗子大概看车上人多，有了忌惮之心，终于放开了男友，但还是不忘出言恐吓："这次放过你，以后别让我再在车站见到你，否则直接弄死你。"

男友上车后，我看到他的胳膊上、手上都是伤痕，给他贴创可贴时我的手都在发抖，他握住我的手安慰道："都过去啦，不用怕了，其实他们都是吓唬人的。"说完还咧开嘴冲我傻笑，我却呜呜地哭了起来。

在一起之前，他跟我讲过，他的朋友跟女朋友出门旅行，路上出了车祸，朋友直接丢下女朋友自己跑了，我当时问他："如果你遇到这种情况，会怎么做？"他一副满不在乎的样子说：

"我肯定比他跑得还快啊，女朋友跟命比当然是命比较重要！"

然而，那一刻我却相信，如果将来我们真的一起遭遇生命危险，他即便不会牺牲自己来救我，至少也不会完全把我丢下。

三

男友曾问过我："如果有一天我突然不在了，你会怎么样？"我当时信誓旦旦地说："不会怎么样啊，再找一个男朋友呗。"他斜我一眼，长叹一口气说："果然，我看错你了，原来你是这么冷血无情的女人！"然后，我们打闹着笑作一团。

恋爱的第二年，男友的工作忽然忙了起来，晚上总加班，有时还要陪客户应酬，不过他每次都会提前通知我，也从来没有让我找不到过。

有一次他又加班，五点钟的时候，发短信给我："今晚要加班，不跟你一起吃饭了。"我没有放在心上，以为跟平时一样，最晚七八点也该回家了。

可是七点钟的时候，给他打电话，手机是关机的，我相信一定只是没电了……

七点半的时候，再打电话，手机依然关机，我有点担心了，但又相信一定是自己多虑。

八点的时候，还是如此，我开始坐立不安了，脑子里不自觉地冒出了各种车祸、凶杀的场面，心里的担忧和恐惧像波纹一样一圈圈地扩散开来，我不停地拨他的号码，每一次电话里传来"您所拨打的电话已关机"，我的担心就更加深一分。

　　一直到九点钟，他的电话才接通，而那时我的心情已经是绝望的了，我几乎都相信了他一定是出了什么事。听到电话里传来他的一声"喂"，我直接就泣不成声了。他听到我哭也被吓了一跳，急忙问我出了什么事，我说："打你电话打不通，还以为你死了……呜呜呜……"然后他哈哈地笑了："你傻不傻啊，我刚刚在跟客户聊方案，手机没电了。"

　　那一次，我忽然明白，我几乎是在用自己的生命依赖他，什么都可以没有，什么都可以不在乎，但没有他，以后的生活就没有希望。

四

　　恋爱的第三年，我们决心要一起买房子了，因为爸妈说，我们太穷了，离家也太远了，如果没有房子他们无论如何不能放心把我交给他。

　　于是，我们清点了自己的所有存款，再加上他爸支援的十万块钱，准备买一个五十几平方米的小房子，却发现离首付还差了一万块。他的朋友不少，也大多很有钱，可他说："我不想跟朋友之间有金钱的牵扯，如果他们不愿意借，或者人家老婆不肯借，那以后朋友见面该有多尴尬。"

所以，跟朋友借钱的事就落到了我的身上，而我也是那么不愿意负债的人，于是想尽办法要早早地把欠款还上。

大概有两个月的时间，我瞒着男友每天中午都不吃饭，其实一天省下的也不过十来块钱，对于我们的负债来说真的是杯水车薪。闺密知道之后，又气又心疼地说："你傻死了啊，自己贴钱买房就算了，还这么亏待自己的身体。"我便安抚她说："刚好减肥嘛。"她急了："你八十多斤减什么肥，我以后每个月给你一千块，你给我好好吃饭。"

那年冬天一直都在下雪，男友知道我怕冷，便一直怂恿我去买些厚衣服和新鞋子，而我也总是不肯，觉得这段时间经济这么困难，挺一挺就过去了。然而他却看好了我的鞋码自作主张地把鞋子买了回来，他说："咱俩缺钱，但不差这一双鞋的钱。"可是当时，他的脚上明明还穿着秋天的单鞋。

那时候的确是好笑，都什么年代了，竟然还沦落到温饱都解决不了的境地，要互相推让一顿饭、一双鞋。可是，那也恰恰证明，我们两个都是好人，都有一股蛮劲，愿意为了自己喜欢的人倾尽所有，也都不怕吃苦，愿意为了更好的生活拼尽全力，所以

我当时真的一万个相信，我们一定会在一起一辈子，将来也一定
会幸福。

五

第四年，连自己都没有预料到，我们竟然和平分手了。

说不上什么具体原因，只是有很长一段时间我们一直争吵，
越来越觉得彼此的观念、思维和性格中有太多的不合适。我的任
性和坏脾气逐渐显露，他所说的包容和宠爱也逐渐达到了极限，
最后，在一次彻夜长谈之后，我们决定分手！

说出"分手"二字的时候，两个人都哭了，因为这确实是我
们始料未及，曾经都用尽了全身力气想要给彼此幸福，想牵着手
一直一直走下去，可是就这么走着走着，散了！

分手很难，可我却庆幸我们能在关系即将破裂的时候及早分
开，没有把过去的美好也全部毁掉。

离开他的时候，我说："你送我一程吧，三年前我们在一
起，你没有来接我，现在我走的时候，你送送我吧，送完，我们
就再见，再也不见！"

然后，我们真的没有再联络。

有人说，相爱的时候多幸福，失恋之后就会多痛苦，爱着的
时候付出得越多，失去的时候需要找回得就越多。

我恋爱时几乎是把整个生命都交出去了，这一整年我都在失恋的泥沼里摸爬滚打，努力将自己失去的自信、快乐和爱，一片片捡回来，重新归位，有时自以为终于快要重塑完整，终于要从泥沼里爬出来了，却又在突然的某一天想起他，就又重新掉回泥沼深处。

六

第五年，我们分手将近两年后，在我终于找到了完整的自己，也确定再也不爱那个人之后，他却又突然出现了，在电话里问我："我们还能重新开始吗？"

我斩钉截铁地回答："不能。"

他问："为什么？"

我说："因为没有感情了，我对你的感情已经在这两年里全部消耗尽了，你在我心里也只是一个故人了。"

他说："那就当是故人，我们见一面好吗？"

我很坚决地回答："不行！"

"不看见你一切都好，一看见你地动山摇"，我最怕的就是这个！不是因为对他还有感情，而是就算感情没了，过去的回忆还在，对于过去的怀念也还在。从失恋中走出这么远真心不容易，曾经的所有心痛都还历历在目，我怎么可能再给自己机会去回望!

七

曾有一个姑娘问我：跟男朋友已经分手了，可想起他还是会心痛，我该不该回头？

我说："如果是我，坚决不会！也许你对那个人还会时时想念，也许你想起他时还会有一点难过，也许过去的回忆在你眼前依然挥之不去，可这都不能代表你对他还有爱情。"

亦舒曾说："已去之事不可留，已逝之情不可恋，能留能恋，就没有今天。"

或许，勾起你心痛的不是爱情，也不是那个人，而是曾经沉浸在爱情的幸福中的自己和那些属于过去的美好回忆。

我也许会永远记着曾经有过一次初恋，那么无知又那么全力以赴，不懂爱却又甘愿赌上一辈子，不会爱却又投入得那么彻底。我也真心感激那个人，曾用真心陪我走过一程，一起经历了许多风雨，品尝过爱情的美满与辛酸，给过我那么多温暖，最后又让我狠狠地心碎一场。

然而，这世间的很多事都是无头可回的，曾经他是生命的一部分，如今却只是回忆中的一个角色。

席慕蓉有一首诗叫《悲歌》：

今生将不再见你

只为再见的

已不是你

心中的你已永不再现

再现的只是些沧桑的

日月和流年

不管过去多美好，分手了就再不会回头。

只愿今生永不再见，且祝你早安、午安、晚安。

有些人，光是遇见就 已经赚了

如果在冬天的时候我能遇到你，是否能把我的手放在你大衣的口袋里……

一

跟阳哥一起吃饭，我忽然心血来潮问他："你有没有谈过一场刻骨铭心的恋爱，一辈子都不会忘的那种。"

阳哥吃了一口菜，喝了一口酒，又抹了两下嘴，长叹一口气说："算不算刻骨铭心不知道，能不能记一辈子也不知道，但是，分开两年了，她在我心里还是那么好，一点儿也不见少。"

有人说，男生的爱情是在做减法，最开始追求时会给女生打一百分，等在一起之后，发现她的缺点越来越多，女生在男生心里的得分就会逐渐减少，所以分手的时候，通常是女生撕心裂肺，男生如释重负。

但阳哥说，他的恋爱刚好相反。

七年前，阳哥在大学的第一次新生聚会上认识了陈小妞。

那天，班干对他说："小阳子，你是不是还没女朋友呢，我给你介绍一个吧，保证跟你郎才女貌。"

阳哥说，好啊，要瓜子脸、水蛇腰、C罩杯的那种。

后来，班干就把陈小妞推到了阳哥面前。

阳哥打量着眼前这个个子小小，身子瘦瘦，一脸稚嫩，还有点婴儿肥的姑娘，在心里默默给她打了负分，心想班干这家伙也太不靠谱了，拉一个这么没水准的妹子给他，太小瞧他的眼光了。

整个饭局小妞都羞答答地坐在阳哥身旁，体贴地帮他倒酒，给他递纸巾，可阳哥却只顾大口吃菜，大碗喝酒，连话都懒得跟她说。

二

阳哥问我："你信缘分吗？"

我说："信。"

可缘分是什么呢？

你遇到她的时候，以为她只是一个过客，但走着走着她就成了你生命的一部分，甩都甩不掉。

那天饭局的后半场，同学们都喝多了，男生争相跟身边的姑娘表白，阳哥对身边的陈小妞没有半点心思，于是准备吃饱了就撤，却被班干拦住了，班干说："小阳子，既然坐在一起了，表个白再走啊。"阳哥说："班干你别闹，我跟人家姑娘都不熟。"

班干说："不熟怎么了，咱学校狼多肉少，你先占上一个再说啊，我说小阳子你是不是胆小啊，不敢表白是吗？"

阳哥被这一句话触到了神经，他曾经确实喜欢过一个姑娘，因为羞于表白错过了。

于是，为了弥补过去的错过，也为了证明自己不是没胆，阳哥一个箭步，冲到了饭店前台的麦克风前，当着一饭店人的面，对着小妞喊："陈小妞我喜欢你，陈小妞做我女朋友吧。"

阳哥说，那天小妞被羞了一个大红脸，仓皇地逃出了饭店。

很多故事都是这么发生的，一个玩笑的开始以为不会有后来，但后来却接踵而至，不受你掌控。

自从阳哥表白后，全班同学便都把他俩当一对情侣看待，阳哥是负责任的男人，他想，既然姑娘的名声都这么搭给自己了，那就干脆追一追吧。

说也奇怪，男生追求真心喜欢的女生，总是找不到窍门，处处碰壁，可是追不喜欢的姑娘却会得心应手，招招制敌。

阳哥说，就没见过陈小妞那么好追的姑娘，你明明做好了打持久战的准备，结果号角还没吹呢她就束手就擒了，散了两次步，吃了两顿饭，你买了束花送她，第二次跟她说："做我女朋友吧。"她就点点头，痛痛快快地答应了。

三

太容易得到的东西，总是会让人忘了去珍惜。

跟陈小妞恋爱后，阳哥惊奇地发现，这是个特别懂事的女孩儿，从来不会无理取闹，你约会迟到她不会生气，玩游戏忽略她她不会抱怨，不记得她的生日她就买蛋糕给你吃，总之在她那里，好像从来没有什么值得闹脾气的事儿。

是，阳哥依然不觉得自己多么喜欢她，他不是一个把恋爱看得很重的人，有没有她都无所谓，他也做好了随时分手的准备，到哪天自己厌倦了的时候。

直到恋爱后，阳哥的第一个生日，那天他收到很多昂贵的礼物，名牌钱包、手表、腰带，等等，可小妞送他的却与这些都不一样，一盒亲手做的巧克力，一只暖水壶，一个抱枕，还有一套牙具。

看到这些礼物的时候阳哥就笑了，这丫头好土啊，哪有生日礼物送这么一堆的，可是小妞有她的理由，她说："巧克力代表依靠，我的肩膀不宽但是随时准备借给你靠，你胃不好以后记得多喝热水，打游戏累了的时候有个抱枕靠着会舒服一点，还有你总是喊牙疼，一定要保护好牙齿，以后还要跟我一起吃很多好吃的。"

阳哥被小妞的这些话震住了，以前谈过的多少次恋爱，都是姑娘们等着他去关心和体贴，等着他去送礼物，从来没有一个姑娘像小妞这般用心，这样温柔地对他。

在那之后，阳哥开始觉得，他有一点点喜欢小妞了，越来越觉得她简直美好得让人难以想象。

一起吃饭的时候，小妞会为阳哥剥一整盘的虾递到他面前，阳哥腰疼，小妞在后半夜独自去校外给他买药，发烧的时候，小妞能给他搓两个小时的脚心都不喊累。

这到底是一个怎样的姑娘，一个多么特别的姑娘啊，她为爱情好像有用不尽的能量，永远不知疲倦，永远在你身旁，为了你，她好像能豁得出性命一样。

阳哥真正义无反顾地爱上小妞，是在他的第二个生日，小妞送的礼物更加别出心裁，她花了不知道多少日子，手工制作了几十张"爱的抵用券"，亲手画的卡通，一笔一画写的字。

阳哥说，我再一次被她震惊了，她到底有多少奇妙的小心思啊，可以一直给你惊喜，她到底有多少优点啊，让你两年了都发掘不完。

也是从那一天起，阳哥决定要好好爱护她了，要加倍珍惜这份爱情了，因为这样的姑娘，值得他一辈子不离不弃。

四

阳哥的电脑屏幕是一张小妞的照片，从大一到现在从来都没换过，后来他在照片上写了三个字，"我老婆"，他说，其实这几年来，在我心里她早就不是女朋友了，而是真正的老婆，明媒正娶过的，一辈子的那种。

爱上小妞之后，阳哥整个人都变了，他想用以后的时光弥补这两年对小妞的亏欠，小妞曾说她在阳哥心里的分量小，因为他总是因为游戏、哥们儿、篮球、钓鱼这些忽略小妞的存在，阳哥就在小妞生日的时候，把自己玩了两年多的游戏账号给卖了，揣着四千块钱去给小妞选礼物。

小妞知道之后满心愧疚地说："我什么都不想要，你把账号买回来吧，玩了那么久你该多舍不得啊。"

阳哥说："陈小妞，我卖账号不是为了你是为我自己，我就是想告诉你，以后我可能还会因为游戏因为哥们儿因为篮球因为钓鱼因为很多事忽略你，但不管怎么样，你在我心里比这所有一切都更重要！只要你说一句话，这一切我都可以不要。"

很多承诺，说的时候都是真心又坚定的，但行动的时候，却总是不自觉地将它们抛之脑后。

五

河里淹死的都是游泳游得好的，因为太自信所以才天不怕地不怕。

大学毕业的时候，小妞选择了留在家乡，阳哥却毅然决然地要去当兵。

小妞是城里的姑娘，而阳哥的家却在一个小县城，小妞有爸妈给安排的稳定工作，阳哥却什么都要靠自己，所以，他以为当兵是奋斗的一条捷径，或者提干，或者将来退伍工作，他跟小妞说："你等我两年，我就回来跟你结婚。"

当兵走的那一天，小妞站在月台上对着他挥手，哭着追着火车跑，阳哥说，那时候怎么也没想到，一分开就是永远了。我以为她会坚定地等我回来，我以为她永远不会说离开，我以为距离不会打败真爱，我以为只要我愿意就能跟她长相厮守。

可是，当兵仅一年，小妞便对他提出了分手，迅速而又坚决。

小妞说："我想和我爱的人每天过柴米油盐的生活，我以为我爱你就有用不完的力量，我以为我可以等，两年而已啊并不是很长，可是我不知道我也会累，你不在我身边的时候，我想念想得好累，爸妈反对的那些日子，我一个人挣扎得好累，你说每周通一封信，我一直都在做，可是两年啊，两年的时间原来这么漫长啊，足以耗尽我等你的所有力气，足以改变我坚持下去的信念，足以让我……下定决心放弃你。

"爷，妞为了你，真的什么都做了，可是妞累得坚持不下去了。"

这个时候，阳哥才忽然意识到，他的选择留给小妞的是什么，是一个人的孤单，是漫长的等待，是不确定的未来，是把所有压力都丢给她一个人承担。

阳哥说，我懊恼，不舍，不甘，不解，直到趋于平静，才终于领悟，自己在这段爱情里到底犯了多大的错误，明明知道异地伤感情还要选择分离，早知道她父母不同意却没给过她半句安慰，总是以为她很强大，却忘了她也只是一个柔弱的小女孩。

但是爱啊，就是这么后知后觉的，当你醒悟，却一切都为时已晚。

六

人生就是那么奇怪，你以为只是一个过客，她却留下了，你以为她永远不会走，她却又离开了。

你们一起走过整个青春时光，一起逛过无数次的街，吃过无数种美食，拍了无数张合影，睡了无数次的觉，可就在你以为这一切都还有机会继续的时候，这场美梦突然醒了，那个一直依偎在你身旁的人，突然就不见了。

阳哥喝完眼前的最后一杯酒，我问他："现在你已经退伍了，有没有想过再把她追回来啊？"

他说："她现在有了新的男朋友，也许我最后能给予她的，就是不打扰吧，既然她已经放下从前重新开始，我又何必再去纠缠。"

有些爱情就像山风呼啸过山冈，经过的时候浩浩荡荡，可最后剩下的，却只是无尽的回响和满满的苍凉！

阳哥说："你有没有听过一句话，有些人，光是遇见，就已经赚了！我这辈子，能遇见她，谈一场这样的恋爱，被她全心全意地爱一场，就已经是奇迹了。"

我问他："那你还会再爱一个人吗？"

他说："会，也许以前不会，但是爱过她之后会了。"

有些人的出现，只为了惊艳时光，不负责陪你到永远，但她教会了你爱，让你明白原来有的爱情，有的人，真的值得你赴汤蹈火，拿命去换。就算最后分开，你每每想起她，心里有的，也只是满满的爱与感激。

一辈子不长，能遇到几个这样真心的好人呢，爱上了就抓住不要放手，在一起了就拼尽全力走到最后，因为一旦错过，也许就永远都找不回来了。

千万 不要管
别人 恋爱的闲事

　　朋友之间，即便关系再好，也不能完全没有距离，有些事情可以帮忙，但有些东西必须远离，比如朋友的爱情。

一

　　乔乔有一个很要好的闺密，两个人形影不离，无话不谈，闺密有个男朋友，在一起一年多但经常吵架，每次吵完闺密都会找乔乔哭诉，乔乔看得心疼，于是想在闺密的爱情里做个和事佬。

　　她偷着加了闺密男朋友的微信，把闺密的委屈和对男朋友的不满与抱怨通通都告诉了他。乔乔说："我当时想，两个人吵架

228

就是因为没有好好沟通啊，男朋友根本不知道她怎么想的，我把她的想法告诉男朋友，这样他就能更懂她，他们以后的相处就会融洽了呀。"

但是，恋爱是很私人的事，即便闺密愿意跟你讲自己的心思，却不代表你有权利插手其中，你认为自己是好意，可这行为的后果却不一定是对方想要的，而且她也不一定领情。

女生之间的友谊本就脆弱，特别是当你干涉对方的爱情的时候。

乔乔闺密和男朋友的争吵，并没有因为她的介入而减少，甚至在一次剧烈争吵中，男朋友冲口而出："你既然对我这么多不满，那我们分手好了，以后也别让你朋友给我传话了，我永远都做不到让您满意！"

这时闺密才知道，乔乔在她背后做的事。可想而知，她不会觉得乔乔是出于好意，只感觉自己受到了冒犯与背叛，于是怒气冲冲地找到乔乔，质问她："你瞒着我跟我男朋友联系，到底是什么意思！谈恋爱是我自己的事，你凭什么多管闲事！我告诉你，从此以后咱俩一拍两散，你再也不是我的朋友。"

乔乔觉得委屈极了，她绝没有想到事情的结局会是这个样子，她觉得闺密误会她了，于是跟她道歉、解释，但都没有用了，闺密早已经把她看作不值得信任的无耻小人，不愿再与她有任何交集了。

不要自以为是地干涉别人的感情，每个人都有自己的私人领地，任凭关系再好也不能擅自闯入，否则不但帮不到对方，反而伤了彼此的情谊。

后来闺密与男朋友又和好了，只有乔乔被所有人认为是心机婊，她煞费了一番苦心，最后却枉做了小人！

二

益达是我的一个读者，前两天跟我说她做了一件很蠢的事，自己也懊悔不已却不知道如何补救。

她有两个朋友，都跟她关系很好，一男一女，并且这两人是异地恋，聚少离多。

女生很喜欢跟益达讲自己恋爱的事，可益达却很受不了，因为她讲的都是关于前男友的。益达说："她天天跟我讲前男友，还说想跟前男友结婚生孩子，我听得就很生气，她家人生病了，还打电话给前男友让他来陪床。"

双方都是益达的朋友，当她感觉到女生不够专一时，就替男生抱不平了。

于是，当女生再一次与男朋友私会时，益达一怒之下把这件事告诉了女生的男朋友，她说："我以为他知道后，会找前男友算账，让他不要再来纠缠了，可谁知道，他听了之后直接就跟女生分手了。"

人们行事的不成熟之处就在于，总把"我以为"当成自己行为的最后结果，却想不到别人不是自己，他不会按照你以为的路径思考和行动。

益达终于意识到自己行为的不妥之处，为了弥补过错，她自己去求男生，说尽了女生的好话，让他再给她一次机会。可是男生提出的分手，通常是果断而决绝的，一旦决定就很难再回心转意。

女生知道是益达告密之后，简直恨透了她，咬牙切齿地对她说："我这辈子都不会原谅你了！"

益达问我："你是不是也觉得我很绿茶？可恨到了该拉出去枪毙的地步吧！可我真的没想让他俩分手啊。"

不管你的初衷如何，这种介入本身就会把自己摆到不仁不义的境地。

说不定，这行为本身对女生造成的伤害，比分手还要大！因为，在益达看来或许只是说了一句话，但在女生那里却是被自己真心信赖的朋友在背后捅了一刀！

每个人恋爱都有自己的方式，当你想要对别人的感情做点什么的时候，一定要三思而后行，因为有些感情的责任是你承担不起的!

即便你出于好意，造成的却可能是恶果！

三

几年前的一期《非诚勿扰》里，嘉宾们讨论"闺密是否应该干涉朋友感情"这个话题时，孟非说了一段话："我们每个人都有好朋友，对好朋友的爱情婚姻给点建议不是不可以，但是在对别人的感情这种事关未来幸福的大事情，而且你无法替代当事人感受的时候，我们的表态是不是应当非常谨慎。"

爱情是否甜蜜，只有参与其中的人才有发言权，别人要如何处理自己的感情，也只有他们自己才有决定权。

越是关系好的朋友，就越要审时度势、进退有度，越是事关别人未来幸福，就越要客观理智、谨慎小心，不要想当然地给出建议或强行干涉，因为我们无法为别人的幸福买单。

余光中说，朋友有四种：高级而有趣，高级而无趣，低级而有趣，低级而无趣。而我想，所谓的"高级"里必然有一条是能够做到"进退有度"，从来都不存在亲密无间的朋友，所有长久保持亲密关系的朋友都是站在了让彼此感觉舒适的距离内，往前一步太近，退后一步便远。

图书在版编目（ＣＩＰ）数据

以一朵花的姿态行走 / 柒月暖阳著. — 青岛：青岛出版社，2016.7
ISBN 978-7-5552-4108-9

Ⅰ. ①以… Ⅱ. ①柒… Ⅲ. ①散文集－中国－当代
Ⅳ. ①I267

中国版本图书馆CIP数据核字（2016）第129760号

书　　名	以一朵花的姿态行走
著　　者	柒月暖阳
出版发行	青岛出版社
社　　址	青岛市海尔路182号（266061）
本社网址	http://www.qdpub.com
邮购电话	010-85787680-8015　13335059110
	0532-85814750（传真）　0532-68068026
责任编辑	杨　琴
选题策划	杨　琴
封面设计	苏　涛
版式设计	刘丽霞
印　　刷	三河市南阳印刷有限公司
出版日期	2016年7月第1版　2016年7月第1次印刷
开　　本	32开（880mm×1230mm）
印　　张	8
字　　数	130千
书　　号	ISBN 978-7-5552-4108-9
定　　价	36.00元

编校质量、盗版监督服务电话　4006532017　0532-68068670
青岛版图书售后如发现质量问题，请寄回青岛出版社出版印务部调换。
　电话：010-85787680-8015　0532-68068629